邵威道：「相信你才怪。」不過他也沒有繼續深究背後的原因，事情已經到了這一步，羅獵對黑堡的內情知道得越多當然越好，邵威不認為羅獵原本就計畫進入黑堡，畢竟在他們前往營救海明珠之前，羅獵這些人很可能一輩子被困在孤島之上。至少從目前來看，羅獵想要進入黑堡好像是突如其來的想法，不過海怪的出現讓一切變得玄而又玄，或許一切都是命中註定。

即便是明天真的有大霧，也無法確定這場霧會不會大到足以掩飾他們的行蹤，邵威發現羅獵的確膽色過人。

羅獵道：「不可能所有人都進入黑堡，雖然人多力量大，可是人越多，就越容易暴露。」

邵威明白了他的意思：「可不可以將你去黑堡的目的告訴我？」

羅獵道：「黑堡乃是藤野家族的一個秘密實驗基地……」在這件事上他並未做太多隱瞞，畢竟他需要海龍幫的支援，如果一味隱瞞反倒會讓對方產生疑心。

邵威道：「我可以派出兩艘小艇，不過你們要有人留在這艘船上。」

羅獵點了點頭，邵威是想留下人質作為保障：「你想留什麼人？」

邵威道：「受傷者留下，還有那個女人。」

羅獵隊伍中唯一的女性就是葉青虹，邵威指的自然是她，羅獵道：「此事我需和他們商量一下，不過我應該可以說服他們留下。」

邵威道：「我跟你一起去。」

羅獵道：「你不信我？」

邵威道：「不是不信，而是想親眼看看黑堡裡面究竟有沒有財寶，此番出海我們損失慘重，遇到彌補的機會總不能輕易錯過。」其實邵威還存著一個心思，如果那海怪當真是因為羅獵才沒有攻擊他們的艦船，那麼選擇和羅獵在一起無疑是最為安全的，沒有人會嫌命長，即便是刀頭舐血的海盜也是一樣。

羅獵和邵威達成了協定，這協定並未通過徐克定，徐克定已經被後方窮追不捨的海怪嚇丟了魂，只是他認為海怪的出現很可能和羅獵幾人有關。早知會遇到海怪，他肯定不會冒險救人。

大霧如期而至，邵威對羅獵已是心服口服，這場大霧為他們的潛入創造了絕佳時機，他們將艦船停靠在黑堡附近的海域。在經過商討之後，羅獵、張長弓、陸威霖、瞎子四人下船進入黑堡，葉青虹和老安作為人質留下，海明珠同樣沒有獲准離開，海龍幫的這群人好不容易才將她找回來，又豈能輕易放任她離去。

其實留在大船上，未必要比進入黑堡安全，因為誰也不知那海怪會不會在羅獵等人離開大船之後發動攻擊。還好這一狀況並未發生，在羅獵幾人登上小船離開之後，海怪就環繞黑堡的海域巡弋，不時發出陣陣吼叫。

這吼叫聲聽得邵威心驚肉跳，他低聲向一旁的羅獵道：「這海怪果然是你豢養的，牠好像在為你打掩護呢。」

羅獵唇角露出一絲微笑，海怪的舉動應當是受到了龍玉公主的影響，不過邵威也沒說錯，海怪的舉動是為他們在打掩護。羅獵轉身看了看後方，張長弓等人所在的小艇距離他們約有五米，即便是這麼近的距離也因為大霧的緣故變得影影綽綽，這樣的可見度為他們今日潛入黑堡創造了絕佳良機。

瞎子瞪大了小眼睛努力看著前方的船隻，看到羅獵一個人被幾名海盜挾持，他忍不住罵了一句，雖然知道這些海盜傷害不了羅獵，可仍然覺得今天有些鬱悶，本以為從幻境島出來之後能夠儘快回到昔日的平靜生活中去，卻想不到一波未平一波又起。

陸威霖並未聽清瞎子在罵什麼，不過從這廝呲牙咧嘴的表情也可看出他心情不好，以為他在擔心羅獵，陸威霖道：「不用擔心，羅獵自有應對的辦法。」

瞎子歎了口氣道：「你們知道我現在心中最想念的是什麼？」

陸威霖道：「周曉蝶？」

張長弓道：「你外婆？」

瞎子搖搖頭道：「誰能想到，我現在最想要的就是一碗麵，一碗大排麵。」

「為什麼要去黑堡？」這已經不是邵威第二次提問了。

羅獵道：「因為我要將這裡徹底摧毀。」

邵威道：「就憑你？」

羅獵微笑道：「等找到了寶藏，你們就帶著金銀財寶先離開，我一個人把黑堡給炸掉。」

邵威道：「是條漢子。」

霧氣茫茫已經看不出前路，羅獵總是能夠給他們指出最精確的路線，邵威心中暗忖，這廝過去必然來過，否則又怎會對這裡如此熟悉，其實他真的誤會了羅獵，羅獵從未來過黑堡，關於這裡所有的一切都是通過龍玉公主得知，龍玉公主在他失去意識的期間，在他的腦域中留下了關於黑堡的資訊，極其詳盡，詳盡到羅獵就算閉著眼睛也能夠找到正確的路線。

海怪的吼叫聲從右側響起，吼叫聲過後，一聲沉悶的炮聲傳來，海怪果然吸引了基地成員的注意力，用炮擊回應牠的吼叫。

炮聲和吼叫聲驚動了船上的人，留作為人質的葉青虹待遇也得到了提升，離開了原本被囚禁的地方，而且還安排她和海明珠待在了一起，海明珠並不知道他們的計畫，還是從葉青虹這裡得知，聽聞張長弓也和其他人一起去了黑堡，不由得尖叫道：「他們怎麼可以這樣？想尋寶自己去，為什麼要拉著張大哥一起？」

葉青虹淡然一笑，其實這世上的多半事情都是沒有道理可言的，她清楚這次並非為了奪寶，一路來到這裡，並非任何人心中所願，而是因為那頭海怪在後方步步緊逼，將他們逼迫到了這個地方，所以在羅獵要求她留下的時候她並未說任何抗拒的話，局勢使然，如果不是出於無奈，羅獵也不會將自己留在這條船上。

而海明珠前來相伴也是羅獵提出的條件之一，羅獵對海龍幫窮凶極惡的海盜也不放心，有海明珠和葉青虹在一起相對安全許多。

海明珠又道：「安……安伯去了沒有？」

葉青虹搖了搖頭，老安雖然沒去，可是被關押在另外的地方，連自己也不清楚到底在哪裡。

海明珠透過舷窗向外面望去，目光所見都是白茫茫一片，外面的濃霧大得就像是化不開的牛乳，可見度極差，耳邊不停傳來炮擊聲，間或傳來海怪憤怒的吼叫聲，她低聲道：「那海怪又來了。」

葉青虹道：「應當不是衝著咱們。」在羅獵離去之前簡單將目前的狀況告訴了她，讓葉青虹有所心理準備。

槍炮聲和吼叫聲稍稍平息之後，海明珠又想起老安，悄悄詢問老安的下落，葉青虹搖了搖頭，她被人帶到海明珠這裡，至於老安應當仍然待在原來的地方。

明眼人早已看出海明珠和老安之間的關係，雖然海明珠極力在掩飾，老安為了她的安全也儘量避免和她接觸，海明珠道：「我去找二叔問問安伯怎樣了？」

葉青虹道：「若是為了他好，你還是儘量不要去過多干涉的好，否則非但幫不了他，反倒會給他帶去不小的麻煩。」

海明珠聽葉青虹說完就已經明白了她的意思，輕聲歎了口氣道：「只希望張大哥他們能夠平平安安地回來。」

葉青虹點了點頭，不由得想起了自從離開幻境島就失蹤的安藤井下，上次被困時幸虧有他幫助方才脫困，而這次卻始終沒見他現身，難道他也遇到了麻煩？

然而人在任何環境之下最重要地還是依靠自己，尤其是在羅獵離去之後，她必須充分發動自己的智慧和能量，來擺脫眼前的困境，而目前最可靠的人也只有海明珠，羅獵將她和海明珠關押在一起作為條件，應當就是考慮到了這件事。

葉青虹道：「明珠，你我也算是同生死共患難的姐妹，有些話我不知當講還是不當講。」

海明珠道：「青虹姐姐但說無妨。」

葉青虹道：「你們這次出海追殺我們的真正目的是什麼？」

海明珠愣了一下，其實她在這次任務之初並不清楚他們的目的，她也不在乎什麼目的，畢竟有徐克定和邵威在，其他的事情也無需她去操心，直到雙方遭遇之後，她方才知道他們追殺羅獵等人，源於和任天駿之間的秘密協議。

就海明珠個人而言她和羅獵團隊中的任何人都沒有矛盾，這種任務對海盜出身的她來說也再尋常不過，拿人錢財替人消災，在她的概念裡是天經地義的事情，直到她任務失敗被俘，張長弓幾度出面保護自己，竟不知不覺中喜歡上了張長弓，連帶著對張長弓的身邊朋友也發生了變化，海明珠幾度出面保護這些人主要還是因為張長弓的緣故。不過老安的出現讓事情又發生了變化，海明珠和老安之間的關係早已被葉青虹在內的幾人看透。

海明珠道：「我相信能夠說服我爹放棄此前的想法。」

葉青虹直言不諱道：「就算你爹能夠放過我們，他肯放過安伯嗎？」

海明珠聞言頓時沉默了下去，雖然她到現在嘴上都不曾認同過老安是自己的父親，可有些感情就是那麼奇怪，她從內心深處對老安的那種親切感是無法否認的，而老安幾度為了她不惜捨棄性命的做法更讓她感動，一個素昧平生的人肯定不會這樣做。如果海連天當真是自己的養父，如果老安所說的一切屬實，那麼自己的養父其實就是自己不共戴天的仇人。

一想到這裡海明珠頓時心亂如麻，老安最初知道自己是海連天女兒的時候表現出的刻骨銘心的仇恨讓她記憶猶新，如果老安面對海連天，還不知會做出怎樣瘋狂的事情，而海連天若是認出了老安，那麼事情將會演化到更為惡劣的地步。

葉青虹所擔心的正是這一點，拋開羅獵幾人何時平安回來不說，他們如果被海龍幫送回總部，可以預見另一場危機又要到來。

海明珠道：「我也不知道應當如何是好，我想幫你們，可是現在這種狀況，我根本做不到。」

葉青虹道：「無論如何都要設法離開，只有掌握主動方才能夠扭轉局面。」

海明珠道：「除非能夠控制住二叔……」說到這裡她內心突然一動，葉青虹的唇角也露出淡淡的笑意，控制徐克定並非是不可能的事情，而且現在所有人的注意力都集中在海怪和黑堡兩件事上，對她們的防備有所放鬆，而且海明珠的特殊身分就是她們極為便利的條件。

「是這裡？」小艇已經成功來到了黑堡的旁邊，應當是黑堡的崗哨將所有的注意力都集中在海怪身上，這兩艘小艇的出現竟然無人發現。

羅獵點了點頭。

邵威做了個手勢，海盜操縱兩條小艇儘量靠近黑堡邊緣，由六艘退役軍艦組成的巨型建築猶如一座黑色的孤島靜靜矗立在眼前，因為霧氣的緣故，他們無法看清黑堡的全貌，只有在靠近時能夠看到黑堡堅硬的鐵壁和佈滿鐵壁的牡蠣。

小艇靠近黑堡之後，看到前方一個寬約十米的縫隙，平日裡運送物資的小艇就是通過這裡進入黑堡的內部，同時，每天運送生活廢棄物資的船隻也會從這裡通過，藤野家族在環保方面還是頗為看重的，並沒有利用地勢的便利直接將廢棄物資和生活垃圾拋向大海。

羅獵示意他們不急於進入其中，海怪的吼叫聲漸漸平息，可霧氣卻變得越來越濃。

其餘人都不清楚羅獵在等什麼，可也能夠猜到他在等待機會，邵威心中暗忖，羅獵對這裡的熟悉程度超乎自己的想像，看來今天他還是有備而來，這廝年紀輕輕，可城府實在太深，還不知有多少的事情瞞著。

羅獵對於黑堡的瞭解都源於龍玉公主在他的腦域中做了手腳，就算是龍玉公主在臨別之前送給自己的贈禮，連他自己都不清楚，這份贈禮究竟是好還是壞，不過他明白一件事，藤野家族的這個秘密基地必須除掉，否則後患無窮。

羅獵清楚黑堡的諸多細節，比如每天垃圾廢料送出的時間，在閘門開啟之後，船隻駛出，再到閘門關閉會有一段時間的空隙，他們要把握住這段時間，從開啟的閘門進入黑堡的內部。

邵威聽完他的全部計畫，不由得暗自吸了口冷氣，羅獵的計畫無疑是極其冒險的，將生死拋到一邊，就算他們能夠順利進入黑堡內部，可是出來呢？藤野家族在裡面佈置了多少埋伏，裡面到底有多少人？他們對此一無所知，不，羅獵應當知道，可是他的所知並不代表自己，邵威感覺自己中了圈套，如果和羅獵一起進去，很可能會把這條命送掉，他的內心開始猶豫。

羅獵從他的表情已看出了他的猶豫，輕聲道：「你若是不想去可以留下。」

邵威道：「你該不是故意設了這個圈套想要脫離我們的控制吧。」

羅獵道：「多想了，我從不會丟下自己的朋友。」

邵威知道他口中的朋友就是留在船上的葉青虹，唇角露出一絲笑意道：「朋友？只怕沒那麼簡單吧？」一看來還是自己夠明智，提前抓住了羅獵的軟肋，如果他膽敢有輕舉妄動，葉青虹就會遭殃。

第二章

自己的存在

羅獵想起父親臨終前的話，讓他不要改變歷史，
否則引起蝴蝶效應或許會毀滅世界，
可是父親有沒有想過，他和母親生下自己，
本身就是一個巨大的改變，自己的存在就已經改變了歷史。

羅獵道：「船就要出來了，大概十分鐘，你有足夠的時間考慮是不是隨同我們一起進去。」

邵威點了點頭，他很認真地開始考慮，為了有可能存在的寶藏冒險究竟值不值得，不過他只考慮了一分鐘就點了點頭道：「我還是去一趟。」

羅獵道：「邵先生真是愛財如命。」

邵威道：「人為財死鳥為食亡，這世上像我這種人多得去了，反倒是像你這種人實在是少見。」

羅獵微笑道：「天下之大無奇不有。」

邵威道：「林子大了什麼鳥都有。」

原本處於對立的兩人竟突然同時笑了起來。

垃圾船準時離開了，用來關閉黑堡的閘門準時開啟，因為大霧的緣故，為這群潛入者提供了絕佳的隱蔽條件，按照羅獵的計畫，所有人在閘門開啟之後，潛游進入黑堡內部。

這其中只有張長弓的水性稍差，不過對張長弓而言這麼短的距離已經不成為問題，在安藤井下為他注射化神激素之後，他身體各方面素質都在飛速提升，其中居然包括他一直以來的短板水性。

羅獵一聲令下，眾人全部下水，兩艘小艇則棄去不用，邵威心中暗歎，看來這次羅獵抱定壯士一去兮不復還的決心，自己怎麼就稀裡糊塗地捲進了這件事裡，更讓他無奈的是，從下水的這一刻開始，他們團隊的領導權竟似乎已經交到了羅獵的手中。

羅獵並沒有時間去考慮這些旁枝末節的小事，閘門開啟之後，他一馬當先向其中游去，邵威也不甘示弱，奮起直追，然而他的水性終究還是比不上羅獵。

散發著臭味的垃圾船緩緩駛出黑堡的閘門，岸上的警衛都帶著口罩捂著鼻子，往往在這種時候是他們防守最為麻痹之時，羅獵需要的就是這種機會，他無聲無息爬上鋼鐵堤岸，負責警戒的六人還未發現這名悄然靠近的潛入者。

羅獵雙手揮出，四柄飛刀同時射入警衛的咽喉，其餘兩名警衛剛剛意識到不妙，羅獵已經獵豹般撲了上去，扭住一人的脖子，喀嚓一聲，就將此人頸椎折斷，一腳將最後那名警衛踹入水中。

後方的邵威剛好趕上，抱住那落水的警衛，揚起手中匕首一下就割裂了他的喉頭，警衛的身體在水中不斷抽搐著，鮮血狂湧而出，將周圍的水面染紅。

張長弓幾人也已經進入閘門，此時閘門已經完全關閉，羅獵在確信所有人都已經成功潛入之後，馬上開始扒下警衛的衣服換上。

其餘人明白了他的意思也紛紛開始效仿。

他們一共有八人潛入目前只有六套衣服，只能由其他人先行換上，張長弓因為身材的緣故並無合適的衣服更換，所以主動選擇放棄。

邵威全副武裝之後心中暗鬆了一口氣，想不到開始的進入如此順利，看來黑堡的內部防守也不過如此，將用來防臭的口罩戴上，更加強了隱蔽性，除了深悉內情的人，很難從外表看出破綻。

羅獵在前方引路，邵威慌忙跟上，低聲道：「去哪裡？」

羅獵道：「黑堡的內部依靠電力運行，我們先去斷掉總閘，這樣黑堡的內部就會癱瘓。」

邵威點了點頭，他暗自佩服羅獵，深入虎穴依然氣定神閑，做任何事情都有條不紊，別的不說，單單是這份心態自己就學不來。他又想到了一個問題，如果斷掉了黑堡的總閘，那豈不是意味著他們剛才進入的閘門也打不開，他們又當如何出去？

然而事已至此，已經由不得他多想，既然他選擇了和羅獵幾人一起前來，就算是硬著頭皮也要繼續走下去。

在羅獵看來，邵威隨同自己進入黑堡或許另有意圖，雖然世上多半人都貪財，可是為了財富願意拿性命去冒險的人並不算多，更何況黑堡內未必有什麼驚人的財富。

前方有整齊的腳步聲傳來，羅獵做了個手勢，眾人慌忙散開，各自尋找隱蔽，從腳步聲就能夠判斷出對方來人不少，那支隊伍很快就從他們旁邊的道路經過，這是一支二十人的隊伍，所有人都穿著黑色制服，身材一致，更讓人感到驚奇的是，這群人的相貌竟然也一模一樣。

多半人的反應都是這些人是一母所生的兄弟，可看樣子他們應當是同胞兄弟，但是從沒聽說過有哪位母親可以同時誕下二十胞胎。

羅獵知道在若干年之後，隨著基因工程的突飛猛進，人類在複製方面取得了巨大的進步，可以複製出各種生物，甚至包括人類，在複製人類的事情上還發生了巨大的爭執，並最終被廢止實驗，卻想不到未來沒有成功的事情，現在居然就能夠看到。

羅獵忽然想起父親臨終前的那番話，讓他務必不要改變歷史，否則因此而引起的蝴蝶效應或許會毀滅這個世界，可是父親有沒有想過，他和母親生下自己，本身就是一個巨大的改變，自己的存在就已經改變了歷史，或許已經掀起了一場連父親都無法預見的蝴蝶效應。讓歷史回歸本身是不是意味著自己要選擇消失？

瞎子在黑暗中視力敏銳，察覺到羅獵突然走了神，伸手輕輕拍了拍他的肩膀，提醒他大敵當前，羅獵這才從思緒中清醒過來，微微一笑。

就在那支隊伍即將通過，突然傳來一聲驚恐的慘叫，這聲音卻是邵威的一名手下發出，那海盜本來已經隱藏好，可不巧的是他藏身的地方有一隻小蜘蛛從上方垂落，蛛絲倒吊著蜘蛛剛好落在海盜的眼前，這名海盜生平最怕的就是蜘蛛，可偏偏在這種時候遇到。

海盜的這聲慘叫引起了即將通過隊伍的警覺，海盜也知道自己捅了大漏子，當下將心一橫，舉槍瞄準那支隊伍就射，子彈向對方傾瀉了過去。

瞎子低聲罵了句蠢材，行動才剛剛開始，所有人的行蹤就已經敗露，這樣的開局簡直是糟糕透頂。

羅獵這一方無人不在埋怨那名暴露行藏的海盜，可是所有人也都沒有抱怨的時間，當下顧不上多想，各自舉起武器開始向敵人射擊，轉瞬之間已經有五名敵人中彈倒地，然而這邊的交火聲引起了周圍敵人的注意力，數十名黑堡的警衛紛紛趕到，他們的樣子全都一模一樣，羅獵幾乎能夠斷定在黑堡之中配備著一支複製人的軍隊。

陸威霖向羅獵道：「你先去切斷總閘，這邊我來應付。」

形勢緊迫，如果不採取分頭行動，所有人都會被困在這裡，想要脫困的最好辦法，就是儘快切斷總閘，讓黑堡的內部運行暫時停頓。而最清楚黑堡地形的就是羅獵，其餘人雖然從羅獵那裡事先得到了黑堡的結構圖，可仍然和羅獵無法相提並論。

羅獵叫上邵威一起前往，其他人暫時留下，同伴之中有槍法精準的陸威霖，有黑暗中能夠視物的瞎子，還有因注射化神激素而能力倍增的張長弓，他們幾人相互照應脫困的可能性應該很大。

邵威暗罵自己的手下誤事，此時剛才發出慘叫的那名海盜被對方反擊的子彈射中已經當場斃命。邵威本想叫上幾名手下，可是看到羅獵已經轉身前行，唯有咬了咬牙跟隨羅獵的步伐。

羅獵從右側火力較弱的地方突圍，經歷幻境島的事情之後，他對武器再不像昔日那般抗拒，更何況現在是非常之時，需採用最有效的辦法，邵威和他相互配合，在接連擊斃數名前來圍堵的敵人之後，他們進入了一條狹窄的通道。

陸威霖槍膛內的子彈已經打光，然而敵人非但不見減少反而沒完沒了地冒著，其他幾人那邊的狀況也差不多，瞎子叫苦不迭道：「就快沒子彈了，我操，他們怎麼那麼多。」

陸威霖道：「你有沒有發現，這群人好像擁有共同的意識？」

瞎子搖了搖頭，張長弓低聲道：「掩護我！」說話間，他已經向外面衝了出去，幾人都是一驚，張長弓衝出去的速度極其驚人，雖然如此，還是被幾顆子彈射中，這對張長弓而言絕不是什麼致命傷，自從注射化神激素之後他擁有了驚人的自癒能力，而且這種能力還在不停增加著。

張長弓宛如猛虎般衝入了複製人的隊伍，揮動手中砍刀宛如砍瓜切菜一般砍殺對手，他的突然殺出頓時吸引了所有敵人的注意力，而張長弓在砍殺對手的同時將地上的武器踢向陸威霖幾人藏身的方向。

陸威霖他們原本已即將彈盡，因張長弓的無畏攻擊，而讓局勢發生了轉機，他們重新獲得了彈藥，和張長弓裡應外合，漸漸壓制住了對方的火力。雖然又有一名海盜中彈死去，可那群複製人似乎被他們的抵抗所震懾，竟然主動撤退。

張長弓退回瞎子身邊，剛剛他的體內也被射中多顆子彈，不過現在他的身體正將射入的彈頭擠壓到外面，彈頭紛紛掉落，而他的身體也在以驚人的速度復原著，雖然這過程中承受著巨大的痛苦，可畢竟是短暫的，不過短短三分鐘，張長弓已經恢復如常。

瞎子對此深表羨慕，暗忖自己遇到安藤井下的時候是不是也應當請求他給自己打上一針，這樣一來就再也不害怕子彈了，然而想歸想，卻不敢輕易嘗試，誰知道注射之後會發生怎樣的變化，包括張長弓在內，焉知他以後不會變成安藤井下的樣子？

幾人在打退了對方的這波攻擊之後，也沿著羅獵此前的方向逃去，清點了一下人數，剛才的這波戰鬥他們一共損失了兩人，全都是邵威手下，如今除了張長弓、陸威霖和瞎子之外還剩下一名海盜。

向前沒走出太遠就發現前方的通道已經關閉，陸威霖皺了皺眉頭向瞎子道：「難道我記錯了？」在此前羅獵給他們的黑堡內部地圖上這裡本應是打開的，瞎子搖了搖頭道：「你沒記錯。」

張長弓道：「咱們另找道路。」

陸威霖道：「應當是他們啟動了緊急措施，看來只能等羅獵將總閘關閉。」

羅獵指了指前方的高處，邵威順著他所指的方向望去，卻見對側約莫三層樓高的地方有一個亮燈的窗口，看來距離不遠，想要過去卻並不容易，黑堡由六艘軍艦組成，而總控制室恰恰處於另外一條船上，和他們所處的艦船有艦橋相連，不過必須先沿著垂直的鐵梯爬上去，登上連接兩艘軍艦的艦橋方才能夠抵達。

艦橋上方有警衛來回巡視，羅獵向邵威做了個手勢，示意他留在原地，自己先行爬上去清除警衛之後他再開始行動，邵威點了點頭，舉槍瞄準了上方的警衛，做好了掩護羅獵行動的準備。

羅獵沿著鐵梯開始攀爬，攀爬的速度雖然不快，可是他在攀爬的過程中沒有發出一丁點兒聲音，邵威暗自佩服，換成自己決計無法做到，其實羅獵這群人全都身懷絕技，海龍幫選擇與這幾人為敵還真是看走了眼，事到如今也不知應當如何收場。轉念一想，這也不是他能夠解決的事情，眼前之計唯有走一步算一步，先保證平安回去再說。

雖然邵威不會主動承認，可在他心底深處卻認為能夠平安回去的希望全都在羅獵的身上，羅獵此人有勇有謀，此前他們出動了那麼多的人力都沒有對他造成半點損失，相信他也一定有應付眼前局面的辦法。

羅獵已經爬到艦橋的下方，在四名警衛交錯的剎那，雙臂猛一用力，身體借力直挺挺向上飛起，於虛空中雙手揮舞，四道寒光同時射出，在這樣的惡劣形勢下羅獵不敢手下留有半點情面，射殺敵人果斷而堅決，四柄飛刀同時命中警衛的要害，四名警衛都沒有發出任何聲息就倒地而亡，羅獵隨即向下方做了個手勢。

一直在觀察上方動靜的邵威得到信號之後馬上爬了上去，等他到了地方，羅獵已經將幾名警衛的屍體拖到了暗處，並將其中兩人的衣服扒了下來，邵威接過羅獵扔來的一套衣服趕緊換上。

兩人將衣服換好，邵威方才留意到被羅獵射殺的四名警衛和此前他們所見到的長相全都一樣。

羅獵對此已經見怪不怪，這些人應當是複製產品，他們不是一母同胞，甚至不是父母所生。

邵威指了指控制室道：「看來沒有驚動他們。」

羅獵點了點頭，回頭望去，仍然沒有看到張長弓幾人的身影，難免有些擔心，看來張長弓幾人又遇到了麻煩。

「不是這條路！」瞎子低聲嘟囔著。

陸威霖道：「你不說我們也知道。」他們一直都在尋找出路，可走了幾條都是死路，即便是羅獵此前給他們繪製了地圖，現在他們還是不知自己究竟到了什麼地方。

張長弓突然張開雙臂，因為前方出現了一個身影，對方的身軀隱藏在陰影中，緩緩探出右手，這是一隻佈滿鱗甲的利爪，鱗甲泛起深沉的金屬反光。

森寒的反光讓張長弓的瞳孔受到了刺激而驟然收縮，張長弓從這隻利爪已經判斷出，來人並非是安藤井下，雖然安藤井下同樣擁有利爪，可是安藤井下的手爪要比這一隻大得多。

通過這隻利爪張長弓可以推斷出對方的身材稱不上魁梧，甚至比不上自己，他想到了一個人，一個在日方實驗室內被改造成為野獸的人。張長弓沉聲道：「你們先撤！」

瞎子愣了一下：「可……」

張長弓怒吼道：「快走！」

追隨他們而來的那名海盜已經轉身逃走，陸威霖伸手拉了瞎子一把，身為殺手他對殺氣的感覺極其靈敏，已經感覺到從陰影處潮水般湧來的巨大殺氣。張長弓讓他們離開絕不是毫無原因的，在他們幾人之中，唯有張長弓的近身格鬥能力最強，尤其是在注射化神激素之後，他獲得了驚人的自癒能力。他們之中有能力和這怪人一搏者只有張長弓。其他人留在這裡非但幫不上忙反而會讓張長弓分心，雖然是同生共死的兄弟，可是在關鍵時刻也不可衝動，必須保持冷靜的頭腦，選擇最佳的應對之策。

瞎子和陸威霖選擇離開，在他們轉身之時，藏身在陰影中的怪人宛如一支離弦利箭竄了出來，周身銀色的鱗甲劃出一道銀色光芒，他的攻擊目標卻非是近處的張長弓，而是要搶在陸威霖和瞎子離去之前將他們截住。

張長弓豈能讓他如意，怒吼一聲，早已握在手中的長刀呼嘯向怪人砍去，刀光霍霍直奔對手的右腿，這一刀氣勢如虹，雷霆萬鈞，勢要將對手一條腿斬斷。

怪人壓根沒有將張長弓放在心上，右腿直奔張長弓揮來的長刀踢去，似乎認定了張長弓的這一刀壓根不可能給自己造成任何的傷害。

張長弓在出刀之前也意識到了這件事，出刀的目的主要是為了阻止怪人攔截同伴，這一刀給怪人造成些許停頓就已足夠延緩他追擊的勢頭。刀刃重擊在怪人的鱗甲上，發出鏘的一聲銳響，怪人絲毫無損，而張長弓手中長刀卻已卷刃。

讓怪人感到不解的是，張長弓不退反進，竟然棄去長刀，徒手抓住了他的右腿，張長弓大吼一聲道：「姓方的，你給我下來！」神力牽扯之下，怪人自然無法繼續前行，身軀下墜，追殺阻截瞎子和陸威霖的目的頓時落空，滿腔的怨恨都轉向了張長弓，雙爪向張長弓抓去，張長弓將怪人拽下來的同時，一腳狠狠踢向他的胸腹，這一腳踹了個正著，而怪人的利爪也在同時抓在他的大腿之上。

怪人憑藉著自己一身堅硬的鱗甲硬碰硬吃了張長弓的一腳，他認為張長弓根本不可能給自己造成任何傷害，可是這一腳的力量完全出乎他的想像，將怪人踹得倒飛出數丈，重重撞在鐵壁之上，張長弓的一條右腿也被怪人雙爪抓中，血肉被撕裂開來，劇痛讓張長弓發出一聲悶哼。

怪人撞在鐵壁之上而後又重重落地，他意識到正常人不可能擁有如此強大的力量，這一腳竟然將他的肋骨踢斷了兩根。怪人緩緩從地上爬起，雙手撫摸胸部，利用利爪將斷裂錯位的肋骨復位，強大的自癒能力讓他的傷勢迅速恢復。

而讓怪人驚奇的是，張長弓被抓傷的創口也在迅速止血治癒，對方竟然擁有著不次於自己的自癒能力。

張長弓已經認出了眼前的怪人，此人正是自己在北平日方秘密試驗基地所遇的野獸，剛才的那聲姓方的也不是胡亂叫出，而是因為張長弓猜到對方的真實身分很可能就是發生變異的方克文。

兩人都沒有急於發動攻擊，剛才電光石火的交手讓兩人都不同程度受傷，不過兩人恢復的速度都非常驚人。

野獸從地上爬起的時候，張長弓也開始挪動腳步，這次的進攻是他先發起，依靠強悍的身體素質和超常的自癒能力，雙方在狹窄的通道內展開了一場貼身肉搏戰。

這樣的戰鬥直接而血腥，其結果必然是鮮血淋漓，兩敗俱傷。

瞎子和陸威霖追趕著那名率先離開海盜的腳步，那名先行逃走的海盜就在他們前方約五十米的地方，讓他們感到驚喜的是這條通道並未封閉，他們似乎已經看到了逃出目前困境的希望。

那海盜已來到了出口處，他的右腳剛邁出通道，身體就斷成了兩截，從腰部齊齊被人斬斷，他的兩條腿仍在奔跑，可是慣性卻讓他的身體分裂開來，上身掉落在地上，眼睜睜看著自己的兩條腿向前繼續飛奔了幾步方才撲倒在了地上。

遍地鮮血，濃烈的血腥味道瀰散在空氣之中。

陸威霖端起了手槍，對準前方有可能出現敵人的地方連續開槍，直覺讓他意識到敵人處於隱形的狀態中，在看不到對手的狀況下，只能用這種方式，以密集的子彈來阻擋對方的進擊。

瞎子也領會了陸威霖的意思，手中雙槍同時施射。

陸威霖忽然感到危險在迅速迫近，慌忙示意瞎子分散後退，兩人分別逃向身後的不同通道，陸威霖不敢有任何怠慢，雙槍輪番開火，然而他的手槍仍然先後被擊中，鋼鐵製作的手槍竟然被對方的利刃斬斷，陸威霖暗叫不妙，在自己看不清對方的前提下，只能盲目反擊，而現在看來，自己的反擊並不奏效。

眼前一陣森寒，陸威霖感到鼻樑處似有利刃劃過，內心惶恐無比，以為對方的利刃已經切開了自己的面部，可隨後並未感覺到疼痛，思維也繼續處於正常的狀態，只是他臉上的口罩被從中劈開，從他的臉上掉落下去。

一個熟悉的女聲驚呼道：「怎麼是你！」

陸威霖無論如何都不會想到居然會在這裡，在目前的狀況下遇到了百惠，雖然百惠並未現身，陸威霖還是從聲音中判斷出了她的身分，他內心中的感覺驚喜參半，自從百惠離開之後，陸威霖曾經多次想到過她，可陸威霖並不認為自己對百惠產生了什麼特別的感情，也不認為自己牽掛百惠。他對日本人恨之入骨，又怎會對一個日本冷血女殺手產生感情。

可真正遇到百惠之時，他方才意識到自己是如何的思念她，內心之中百感交集，只可惜他們仍然處在對立的兩面，不是你死就是我亡。

一個身穿紫色忍者武士服的姣好身影出現在陸威霖面前，如果不是百惠主動現身，陸威霖不可能看到她，兩人四目相對，雖然彼此都未說話，可是內心之中都如潮水般起伏，他們都是那種不肯輕易表露感情之人，可儘管如此，也能夠從對方的眼睛中看出那份藏不住的柔情和思念。

陸威霖道：「想不到是你。」

百惠點點頭，將明亮如秋水的武士刀反手插入鞘中，低聲道：「跟我來！」

陸威霖道：「我朋友還在裡面。」

百惠道：「你若是死了，就再也見不到你的那些朋友了。」

羅獵和邵威兩人來到控制室前方，到目前為止，他們還沒有驚動太多的敵人，兩人交遞了一個眼色，在剛才的戰鬥過程中他們之間已經形成了一定的默契，只需對方的一個眼神就已經明白彼此的意思，依然是邵威負責掩護。

羅獵打開了控制室的艙門，室內正坐在燈下觀看記錄的一名男子愕然抬起頭來，他的目光和羅獵相遇，羅獵並未急於出手將之剷除，而是用日語道：「你好，該換崗了。」

那男子望著羅獵的雙目竟然在瞬間迷失，如同夢囈般答道：「是啊……我……我幾乎忘了……」

其實羅獵是在最短的時間內用催眠術控制了他，此前遭遇那麼多的日本警衛，羅獵都未使用這樣的手段，是因為那些人全都是複製產物，在意識上和正常人不同，所以也不能用常規的催眠方法對待，所以羅獵並未冒險。這名負責看守控制室的警衛卻是正常人並非複製體，所以羅獵才會大膽對他進行催眠。

這一招收到了奇效，羅獵道：「你叫什麼？」

「山本聰……」

羅獵點了點頭道：「很好，你帶我進控制室，我要在換崗前檢查裡面的運行狀況。」

「是！長官！」

邵威聽到裡面的日語對話，心中無比好奇，禁不住從門縫中向內望去，看到羅獵和那警衛說了幾句，那警衛就乖乖聽話，心中又是好奇又是佩服，看到那警衛失魂落魄的樣子，應當是被羅獵控制了心神，心中暗歎，他還有什麼不會？此人實在厲害，今次若是能夠全身而退，務必要奉勸幫主，以後不要和他為敵。

羅獵示意邵威進來，在他的命令下，山本聰乖乖拿出了鑰匙，打開總控室的二道房門，帶著兩人進入其中。

總控室乃是控制整個黑堡的中樞，所有的供水供電，熱能控制全集中在這個地方，有了山本聰帶路，要比從龍玉那裡得到的資訊更加直接。控制室內雖然還有另外三名人員在場，可是有了山本聰帶路，在他們還未有覺察的狀況下，羅獵和邵威就聯手將他們幹掉，順利找到了總控中心的所在。

邵威本來準備將已經完成使命的山本聰幹掉，可是羅獵卻及時阻止了他，對羅獵來說，此人尚有用處，他們首先將總電閘切斷。

羅獵讓邵威繼續掩護自己，而他則利用自己強大的精神力潛入了山本聰的腦域，他要通過對山本聰的腦域剖析，掌握目前控制黑堡的人到底是誰？

整個黑堡的斷電會將這裡多半的力量集中到這裡來，對他們而言就意味著更大的壓力，邵威佩服羅獵過人的膽色之餘也不禁有些擔心，他們即將成為眾矢之的，又該如何在這樣的處境下脫身，對他們而言時間是極其寶貴的，越早離開就意味著逃脫困境的可能就越大，晚上一刻很可能就會被包圍，一旦敵人尋蹤而至，那麼他們就會插翅難逃。

而此時的羅獵卻如同老僧入定一般，不慌不忙，似乎忘記了他們生死懸於一線的處境。

整個黑堡陷入了一片黑暗之中，外面雖然是白晝，可在黑堡內部如果不靠電力照明，大部分地方都是一片漆黑，黑堡如今變成了名副其實的黑堡。突然的斷電讓張長弓和野獸也突然失去了目標，他們都可以聽到對方粗重的呼吸聲，也聞得到濃重的血腥味道，這血腥來自於他們兩人的身體，剛才的那場搏鬥已經讓兩人遍體鱗傷，他們在黑暗中迅速恢復著。

張長弓能夠準確判斷出野獸的位置，他平靜道：「我知道你是誰？如果你的女兒知道你現在的樣子，她會不會認得你？如果你的父輩在天有靈，會不會認同你認賊作父的做法？」

張長弓的判斷並沒有錯誤，野獸就是方克文，九幽秘境的長期幽閉生活，不但讓他形成了孤僻冷漠的性情，同時也嚴重侵害了他的身體，方克文的身體因為周遭環境中某種不為人知的因素而變異，在他剛剛和妻女重逢，幻想可以過上一家人團團圓圓和和美美的日子之時，他的身體開始迅速發生了變化，他變成了一個怪物，一個連自己都不認得的怪物。

方克文在無奈之下選擇離開了妻女，他只希望自己的變化不要被妻女看到，更不希望因為自己而連累到她們，影響到她們本來貧困但平靜的生活。

安頓好母女兩人之後，方克文一度產生了自生自滅的想法，可是身體的變異很快帶來了心理上的巨大變化，方克文無法掌控這種變化，他變得殘暴而嗜血，他也走上了和麻博軒同樣的道路，身體在變得強悍的同時，他的新陳代謝速度隨之加快，同時生命也開始變短，方克文知道用不了太久時間自己就會和麻博軒一樣，他不想這麼早死，他不甘心，就在這種時候他遇到了藤野俊生，並接觸到了平度哲也，在求生欲的驅使下，他答應了配合平度哲也進行試驗的條件。

方克文的頭腦時而清醒時而糊塗，內心中焦灼且矛盾，在張長弓道破他的身分之後，內心中人性的部分又漸漸開始復甦。

張長弓凝神屏息準備迎接對方再次攻擊之時，突然聽到一個嘶啞的聲音道：

「在我改變主意之前，你走。」

羅獵睜開雙目，向邵威道：「你將這裡炸毀之後馬上從原路離開，去第二會合點等我。」

邵威道：「你去哪裡？」

羅獵道：「去找一個人。」

藤野忠信心神不寧，自從電力被停之後，他就覺得有些不妙，同時他又在安慰自己，停電應當只是偶發事件，外面響起蓬的一聲沉悶的撞擊聲，隨之整個黑堡宛如地震一般產生了晃動，那頭海怪正在竭盡全力撞擊黑堡的外牆。

一名手下進來結結巴巴地向藤野忠信稟報外面的狀況，藤野忠信有些不耐煩地擺了擺手，示意他不必繼續說下去，藤野忠信緩緩站起身來，他決定親自去看看，這種心神不寧的感覺讓他如坐針氈，似乎有一雙眼睛正在悄悄窺探著自己。

藤野忠信還未來得及出門，就遇到了前來找他的平度哲也。

平度哲也一進門就憤怒地嚷嚷起來：「停電，為什麼會停電？你知不知道我現在的實驗已經進行到了關鍵時段，如果不及時恢復電力，我這麼多年的心血就會白費，一切都會前功盡棄。」

藤野忠信道：「平度君不必生氣，我想這只是偶然的現象，已經派人著手解決這個問題。」

平度哲也仍然沒有消除怨氣，大聲道：「我根本不該答應和你們合作，你們的這個基地天皇知不知道？他一定不知道對不對？你們所做的一切都在背著天皇對不對？」他的情緒變得越來越激動了。

藤野忠信冷冷望著平度哲也，他從心底看不起這個所謂的學者，不明白父親因何會對他如此看重，黑堡是他們藤野家付出了無數心血和犧牲方才建立起來的，雖然遇到了一些困難，可藤野忠信相信憑藉家族的力量還是可以克服，可父親仍然堅持請來了平度哲也。

家族的誠意在平度哲也的眼中卻成了一種欺騙，老傢伙固執且傲慢，他來到黑堡之後，並未起到太大的作用，也沒有讓黑日禁典的研究有任何突破性的進展，現在只是發生了一點小事，他居然跑過來向自己指手畫腳。

如果不是父親強調自己務必要尊重他，藤野忠信相信自己一定會將這老傢伙扔到海裡去餵海怪。

海怪龐大的身軀再次重撞了黑堡，平度哲也因為立足不穩而踉蹌了兩步，他歎了口氣，抹去頭上的汗水道：「任何事情都是有法則的，一旦越過了法則和界限，事情就會變得不可控，你們不該這樣做。」

藤野忠信知道父親並沒有告訴平度哲也關於黑日禁典的事情，也不可能告訴他，畢竟黑日禁典是只屬於他們藤野家的秘密。

藤野忠信道：「平度君做好自己的分內事就好，其他的事不用您操心。」

平度哲也大聲道：「那頭怪物是不是你們製造的？」

藤野忠信實在是有些不耐煩了，他向平度哲也點了點頭道：「抱歉，我還有要緊事，有什麼事情，以後再說。」

平度哲也被他的態度激怒了，他憤怒地揮動手臂：「你們對我隱瞞了什麼？如果這樣下去，我不可能再繼續為你們工作。」

藤野忠信決定不再跟這個固執的老頭兒繼續談論下去，有些粗暴地一把將他推開，大步走出門外，出門之後馬上有兩名武士迎了上來，他們是藤野忠信的貼身武士，平時負責藤野忠信的安全。

藤野忠信道：「怎麼還沒來電？山本聰到底怎麼回事？」

第三章

野　獸

野獸這個全新代號的方克文靜靜望著羅獵，
未泯的人性讓他認出這位故人，
其實在張長弓和他展開貼身肉搏時，
方克文就想起了過去的事，恩恩怨怨難以說清，
甚至連他自己都不知道自己究竟是方克文還是一隻野獸。

陸威霖一把抓住了百惠的手腕，百惠不得不停下腳步，轉身望向陸威霖不解道：「為什麼停下？」

陸威霖道：「我還有朋友都在裡面，我不可以一個人走。」

百惠道：「你們根本不知道這裡是什麼地方？來這裡送死嗎？」

陸威霖道：「這裡是藤野家族的秘密試驗基地，在進行反人類的實驗對不對？所有的怪物都是你們製造的對不對？」

百惠的眼神黯淡了下去，陸威霖緊緊抓住百惠的手腕道：「百惠，你應該知道他們這樣做的後果，一旦成千上萬的怪物被他們製造出來，就會危害這個世界，到時候遭殃的絕不僅僅是中華。」

百惠道：「他們並沒有那麼大的野心……」

陸威霖毫不客氣地打斷她的話道：「這種話也只有你才會相信，藤野家族想要的應當是整個世界。」

百惠咬了咬櫻唇，其實她又何嘗不清楚藤野家的野心。

陸威霖的聲音變得平和了許多：「百惠，幫我好不好，幫我救出我的同伴，毀掉這罪惡的地方，我們一起離開這裡。」

百惠抬起一雙美眸，詫異道：「我們？」

陸威霖用力點了點頭道：「是，我和你，在完成這裡的事情之後我帶著你一起遠走高飛，到一個別人找不到我們的地方，到一個只屬於我們自己的地方。」連陸威霖自己都不清楚為何會說出這樣的話，他本以為自己不會有向百惠當面表白的勇氣，可他還是勇敢地說了出來，並非是因為他想要利用感情來打動百惠，而是因為情之所至，在百惠消失之後他就意識到了自己對百惠的感情，他甚至後悔此前錯過表白的機會，他擔心這次還會像過去那樣擦肩而過，所以他要當面將心裡的話說出來。

百惠的美眸中躍動著兩點晶瑩，幸福來得過於突然，讓她有些手足無措，可有一點她是清楚的，她對陸威霖同樣產生了感情。

陸威霖道：「百惠，答應我好不好？」

百惠正準備點頭的時候，卻猛地將頭轉了過去，手中的鐵蒺藜蓄勢待發，遠處瞎子舉著雙手從暗處走了出來：「兩位，我什麼都沒聽到。」

陸威霖擔心百惠會突然出手，趕緊擋在了她的面前。

百惠見到是瞎子，馬上放棄了攻擊的想法，看了瞎子一眼，算是跟他打了個招呼。

瞎子看到兩人一起前來，馬上推斷出兩人絕不是處於敵對立場，既然百惠跟陸威霖不是敵對立場，跟自己也是一樣，瞎子笑得一臉陽光燦爛：「我當是誰，原來是老朋友，這下可好了。」內心估計今日他們走出這裡的希望寄託在百惠身上了。

百惠惜字如金，除了陸威霖之外更不願和他人多言，無論瞎子說了什麼，只當自己沒有聽到，陸威霖聽瞎子絮絮叨叨，禁不住打斷道：「誰跟你是老朋友，你少說兩句。」

瞎子嘿嘿一笑，此時百惠已經率先向前方走去，為他們在前方帶路。

瞎子用右肘搗了陸威霖一下道：「老實交代，你們是不是早就有一腿了？」

陸威霖望著瞎子唇角露出一絲壞笑，趁著瞎子沒留神，將他頭上的頭套一下拉到了底部，瞎子的眼前變得一片漆黑。

蓬！蓬！羅獵剛剛走上艦橋就聽到一聲沉悶的聲響，回頭望去，卻見一個生有雙翅的翼人穩穩落在自己的後方，翼人的翼展接近三米，膚色靛藍，雙翼的中部生有利爪，落在艦橋上的雙足如同鷹爪，爪尖寒光森然，他先是向前探出一步，利爪在艦橋的鋼板上摩擦出刺耳的銳響。而後身軀猛然前衝，以驚人的速度向羅獵低飛俯衝而去。

面對疾速飛來的翼人羅獵紋絲不動，他在耐心等待，直到翼人距離自己不到兩米的時候，方才騰空而起，躲過翼人橫掃而至的翅膀，在空中完成了一個巧妙的翻身，穩穩落在翼人的背上。

翼人顯然沒有料到對方會用這樣的招數躲過自己的攻擊，他本以為羅獵在自己的強勢攻擊下選擇向後躲避，一念之差，已經決定了勝敗。

羅獵用手臂擰住翼人的頭部，逼迫他將面孔轉了過來，盯住翼人血紅色的雙目，自身的意志力已經從對方心靈的視窗侵入了他的腦域。

翼人腦域內卻是一隻鳥籠，鳥籠之中自有一隻毛色黯淡的黃鸝，牠叫聲哀婉低吟，悲傷無限。

雄風凜凜的蒼狼騰空一躍，一口就將困住黃鸝的鳥籠咬住並撕斷，黃鸝從損毀鳥籠的缺口振翅飛出，在蒼狼的頭頂盤旋一周，發出悅耳的鳴叫，這是自由的鳴叫。

蒼狼抱以一聲震徹蒼穹的咆哮。

翼人豎起的羽毛緩緩平復，帶著羅獵向高處振翅飛去，羅獵牢牢抓住翼人身體和雙翅的結合處，耳邊只聽到冷風嗖嗖，高度急速上升。

蓬！總控室的爆炸讓整個黑堡內部地動山搖，黑暗的黑堡內部火光閃現，邵威雖然逃得夠快，還是沒有完全逃脫出爆炸所波及的範圍被氣浪掀起，重重摔落在堅硬的甲板上，轉身回望，總控室已經火光沖天，邵威心下大慰，自己不辱使命已完成了羅獵交給自己的任務，接下來就是向事先約定的第二會合點撤退了。

可邵威馬上發現自己遇到了麻煩，剛才的那次爆炸不僅毀掉了總控室，而且將通往第二會合點的艦橋炸斷，以自己的能力根本無法跳過中間接近五米的裂口，身後傳來急促的腳步聲，聞訊趕來敵人正在向總控室聚集，邵威咬了咬牙，自古華山一條路，就算是摔死也好過落在這群怪物手裡，他先是向後退了幾步，然後助跑、騰躍，動作一氣呵成，也拿出了自身全部的潛力，可縱然用盡潛力，仍然無法逃脫出能力的魔咒，邵威看得到對岸，卻抓不住，他的手距離對岸的邊緣只差一尺的距離，可這一尺的距離就能夠決定他的命運。

邵威發出一聲慘叫，他的身體向下墜落，他曾經無數次構想過自己的死亡，十有八九認為自己不是在海裡淹死就是被槍炮打死，卻從未想過自己會被摔死。

就在邵威準備認命的時候，他的手腕卻突然一緊，身體突然就停止了下墜的勢頭，因為慣性，身體重重撞擊在黑堡的鐵壁上，撞得邵威骨骸欲裂，他甚至覺得自己的右肩已經撕脫，生死懸於一線之時，卻是張長弓發現了他，及時一把將他的右臂抓住，如果不是張長弓，其他人也無法做到，張長弓神力驚人，將邵威從下方拉起。

此時敵人也已經趕到了剛才邵威騰空躍落的地方，槍口瞄準了下方的兩人紛紛發射，張長弓用身體擋住射來的子彈，掩護邵威向裡面逃離，兩人先後逃向裡面的甬道，直到逃出敵人的火力範圍方才敢停下腳步，張長弓身中數槍，不過他的性命並無大礙，在將子彈逼出體內之後，很快他的身體就會完全復原。

邵威死裡逃生此時驚魂未定，望著鮮血淋漓的張長弓心中感動到了極點，如果沒有張長弓的兩次相救，自己必死無疑。

張長弓道：「後面！」

邵威慌忙轉過頭，右臂突然一緊，猛然感到劇痛，卻是張長弓用話轉移了他的注意力，趁機幫他將脫臼的右臂復位。

藤野忠信內心劇震，腦海中忽浮現出一個模糊影像，他想要看清對方的面孔，可是他越是努力，影像卻越是模糊，藤野忠信低聲道：「來了！他來了！」

羅獵從翼人的身上騰躍而下，翼人重獲自由，他並未繼續向羅獵發動攻擊，而是在空中一個盤旋，直奔從後方俯衝向羅獵的翼人撲去，於後方將那翼人的頸部抓住，一雙利爪分別抓住對方的頭顱和頸部，用力一擰，就將對方的頸椎擰斷，那被折斷頸部的翼人宛如斷線風箏一般向下墜落。

羅獵雙腳如同在甲板上生根，穩穩站在那裡，前方鐵門倏然打開，四名忍者魚貫而出，雙手握著一把明晃晃的太刀，左右分開兩列向羅獵包圍而去。

羅獵反手抽出長刀，大步向前。四名忍者同時揮刀，或劈或斬，從不同方位向羅獵攻去，羅獵手中太刀高低抵擋，一陣乒乒乓乓的鳴響過後，四名忍者手中的太刀無一例外被羅獵斬斷，羅獵的這把刀乃是得自於西夏地下皇城的虎嘯，刀身鋒利，銳不可當，交鋒之聲過後，四名忍者的身軀全都停滯不動，片刻之後，他們的身體方才裂開，竟然在剛才電光石火的交鋒中被羅獵全都斬成了兩段。

羅獵手中長刀斜斜指向地面，一滴鮮血沿著明如秋水的刀刃緩緩滴落，落在地上，宛如紅梅般綻放。

敞開的鐵門如同怪獸的一張大嘴，羅獵望著裡面，內心中突然升騰起一股熟悉的感覺，在父親給他種下智慧種子之後，他又在天廟吸收了慧心石的能量，從而擁有了強大的感知能力，雖然在和雄獅王的殊死一戰中損失了大部分的力量，可最近他感覺到自身的精神力正在緩慢地恢復，尤其是在遇到龍玉公主之後，恢復的速度突然加快了許多。

連羅獵自己也無法解釋因何會發生這樣的狀況，他本以為慧心石的能量已經枯竭，可現實卻是山窮水盡疑無路，柳暗花明又一村。精神力的迅速恢復讓他不但可以先行感知對手的來臨，甚至還可以侵入並控制對手的腦域，剛才對那個翼人，羅獵就在最短時間內控制了他的腦域。

這次的感覺和剛才不同，羅獵感到的不僅僅是危險，還有某種熟悉的味道。

當他看到鱗甲覆蓋的怪人走出大門之時，羅獵就意識到，方克文來了。

已經擁有了野獸這個全新代號的方克文靜靜望著羅獵，未泯的人性讓他可以認出這位故人，其實在張長弓剛才和他展開貼身肉搏之時，方克文就想起了過去的很多事，恩恩怨怨難以說清，甚至連他自己都不知道自己究竟是方克文還是一隻野獸。

命運對他實在殘酷，先將他扔在黑暗冰冷的山洞中幽閉了五年，當他好不容易在羅獵的幫助下重見天日，和家人重逢，本以為可以就此帶著家人歸隱田園，過上安逸的日子，可命運再次戲弄了他。

方克文竭力讓自己忘記過去，忘記他的朋友，忘記他的家族，忘記他的妻女，甚至忘記他還是一個人，他心中唯一的願望就是活下去，而他迅速的衰老速度卻超乎他的想像，還好這個世界上有人能夠幫他，為了活下去，方克文選擇與他最為不屑的日本人合作。平度哲也可以幫他活下去，甚至讓他看到了恢復正常容貌的可能。

對他而言，只要有一線希望他就會不惜代價地努力下去，他要重新恢復正常，要和妻女重聚，而現實卻再次擊碎了他的夢想，和日方的合作越深，他發現自己就變得越冷酷，幾次實驗之後，他的體能雖然不斷增強，可是他卻患上了健忘症，忘記了過去的很多事，症狀時好時壞，反反覆覆折磨著他。

剛才張長弓道破他的身分，讓方克文想起了一些事，可當他放張長弓一馬之後，很快又開始感到後悔，他甚至有回頭去追趕張長弓的欲望，想要用自己鋒利的雙爪撕裂開張長弓的咽喉，然後痛飲他的鮮血。

讓方克文暫時放下念頭的是來自指揮室的呼喚，日方在實驗中做了手腳，對於他們發出的命令方克文無法拒絕，這次他收到的命令是殺死所有入侵者。

野獸金黃色的雙眼盯住羅獵，周身的鱗片光芒閃爍。羅獵從他的目光中沒有看到絲毫的善意和友好，所感受到的只有殺氣和仇恨。

羅獵雖然從未以方克文的恩人自居，可是他也不認為自己是方克文的仇人，可方克文的目光明顯帶著刻骨銘心的仇恨。

羅獵道：「你還好嗎？」

方克文搖了搖頭，然後向羅獵走去，腳步越來越快，從開始奔跑到達到急速幾乎在瞬間完成，羅獵在方克文發動攻擊之前已經預料到了這一點，手中飛刀倏然射出，他並未瞄準方克文的要害，雖然方克文變成了現在的模樣，可是羅獵仍然將他當成自己的朋友，對朋友羅獵從來都不會痛下殺手，不僅僅是出自於感情，更是因為人之本性，因為仁慈增添了不少麻煩，可是羅獵並沒有改變這樣的念頭，如果一個人六親不認殺伐果斷，固然能夠省卻很多麻煩，可這樣的人又怎能真正稱之為人？

羅獵射出的兩柄飛刀都是用地玄晶打造，普通的飛刀不可能給方克文強悍的鱗甲帶去任何的傷害，羅獵想先射傷方克文，然後將他拿下。

然而這一次羅獵還是失算了，飛刀雖然射中了方克文的身體，卻只是撞擊出兩點火星，並未能穿透方克文的鱗甲，更談不上傷害他的身體。

方克文已經衝到眼前，羅獵抽出虎嘯向他劈斬而去，這麼近的距離唯有選擇貼身肉搏了，方克文伸出雙爪架住虎嘯，鋒利的刀刃劈中他的掌心，刀刃和鱗甲撞擊出無數火星。

方克文雙手將刀刃握住，削鐵如泥的虎嘯在他眼中形同玩物。

羅獵知道方克文的強大近身搏戰能力，在他的朋友之中，應當只有張長弓才有能力與之一戰。自己的武功雖不弱，可是絕對戰勝不了方克文。

長刀在方克文的扭動下彎曲變形，羅獵鬆開刀柄，主動棄去虎嘯，既然知道無法抗衡，何苦做無畏的抗爭，羅獵雖然打不過方克文，卻知道他的軟肋，在兩人近身相搏的剎那，突然道：「你還記得小桃紅，還記得思文嗎？」

方克文聽到兩人的名字，內心劇震，本想抓向羅獵咽喉的左爪停滯在哪裡。

羅獵大吼道：「她們還在等你回家團聚！」

回家團聚兩個字如同炸雷一般在方克文的耳邊響起，方克文的腦海中浮現出女兒可愛的模樣。

羅獵在他突然迷失的剎那，成功進入了他的腦域……

九幽秘境，方克文的腦域世界竟然就是九幽秘境，羅獵看到了被鐵鍊鎖在半空中的冰棺，看到了冰棺中紅色的身影，那身影是龍玉公主無疑，那冰棺之上刻滿字元，當初羅行木為了冰棺之上的長生訣不惜一切代價，甚至因此而送命，羅獵雖然在此前看過冰棺上的字元，他也認得夏文，卻不知其中真正的意義，而這次通過方克文的腦域世界，他等於看到了當初情景的重現。

冰棺下方的一行字，那行字用夏文所寫：「誰解其中意，十步殺一人，千里不留行？」後面兩句卻是得自於李白的《俠客行》。

腦域中的世界瞬息萬變，到處都是熔岩滾滾，熔岩的上方漂浮著一塊黑色的石碑，那石碑是羅獵早已爛熟於胸的大禹碑銘，碑銘之上傳來哭泣之聲，卻是用鐵鍊鎖住了一人。

蒼狼望著空中的石碑，無論怎樣都看不清被鐵鍊困住那人的面容，牠抖動了一下身體，轉身離開了熔岩湖，困在禹神碑上的那黑影突然爆發出一聲哀嚎。

蒼狼倏然轉過身來，全速向熔岩湖衝去，來到熔岩湖的邊緣，騰空躍起，蒼狼驚人的彈跳力讓牠越過不可思議的距離，一雙前爪試圖抓住鐵鍊落空，不過牠用嘴叼住了鐵鍊。

鐵鍊困住的人不是方克文，卻是小桃紅，她懷中還抱著一個襁褓中的嬰兒。方克文的腦域世界讓羅獵極為震驚，而他也終於明白方克文因何失去了理智，想要方克文恢復正常的唯一方式就是釋放鐵鍊鎖住的小桃紅母女，唯有如此才能讓他的人性得以恢復。

扯斷鐵鍊，可以給予他人自由，然而蒼狼也將失去束縛墜入熔岩湖之中，重獲自由的小桃紅難道可以憑藉自身的能力逃到岸邊？

虛幻和現實不同，可蒼狼作為羅獵腦域的自身投影卻極其重要，如果墜入熔岩湖，或許會永遠沉溺並消失在方克文的腦域世界之中。

羅獵在關鍵時刻從不猶豫，作為他腦域投影的蒼狼也是一樣，鋒利的牙齒用盡全力，咬碎了鐵鍊，小桃紅抱著女兒的身影升騰而起，在空中越升越高，鐵鍊斷裂之後，從懸浮的禹神碑上墜落，蒼狼失去攀附也從高處墜落下去。

熔岩咆哮，紅色的熔岩湖沸騰起來，正在醞釀著一場空前強大的爆發。

方克文突然想起了妻子，想起了女兒，內心之中酸楚無比。

一個聲音在他的後方呼喝道：「野獸！殺死他！」

方克文如夢初醒，野獸？自己何時變成了野獸，自己若是這樣下去，和野獸又有什麼分別？他揚起利爪，羅獵就在他的面前，臉色蒼白，但是從他的表情看不出絲毫的惶恐和退卻。

方克文聽到心底發出一個聲音——不要，那聲音來自於他自己。

蒼狼即將墜入熔岩湖灰飛湮滅，羅獵不知這自身的投影消失之後會發生怎樣的後果，然而既然選擇了這樣做，就無怨無悔，沸騰的熔岩已經點燃了蒼狼的皮毛，牠感到灼痛，或許這是牠死前的最後感覺。

可突然之間，燒灼的痛楚消失了，方克文腦域世界中的熔岩湖倏然一變，變成了碧波蕩漾的湖水，蒼狼的身體墜入湖中，又很快浮出了湖面。

向方克文發號施令的人是平度哲也，他大聲命令著野獸，這由他一手改造完成的終極武器，促使平度哲也來到黑堡，與藤野家族合作的主要原因就是野獸，藤野家向他展示了一些秘密，這些秘密讓他欣喜若狂，通過自己的研究配合藤野家的資源，可以改造出一個真正完美的終極武器。

而更讓他期待的是，這個終極武器只有他才能夠命令，只有他才能夠控制。

可這次野獸並未聽從他的命令，緩緩轉過頭去，雙目盯住了平度哲也，平度哲也大聲道：「亞庫西，亞庫西，亞庫西！」這是他們之間獨有的交流信號。

野獸依然無動於衷，平度哲也開始有些慌亂了，這是很少發生的狀況，他舉起麻醉槍，準備向野獸發起射擊，沒等他做出這個動作，野獸已經向他衝來在他扣動扳機之前，利爪就刺入了他的胸腹，平度哲也雖然一手製造了無數怪物，可是自身卻無任何的特殊能力，野獸的攻擊連羅獵都難以抵禦，更何況他這個尋常人，平度哲也望著野獸，他的目光中並無恐懼，反而流露出少有的平和，自從他從事這方面的研究，就想到會有這樣的一天來臨，死在自己的試驗品手中，也算是一個圓滿的結局吧。

平度哲也終究控制不住這頭野獸，方克文一爪洞穿了平度哲也的身體，當他恢復理智之後，平度哲也無疑是他想要除之而後快的大仇，如果不是平度哲也在自己的身上動手腳，自己也不會變成如今的模樣。

羅獵望著眼前的一切，內心暗自欣慰，而剛才在方克文腦域中遭遇的驚險一幕也讓他周身遍佈冷汗，在自己的意識投影即將在方克文的腦域世界中灰飛湮滅的最後關頭，方克文改變了腦域世界，從而挽救了自己。

方克文不僅僅是在營救羅獵，在救起羅獵的同時也完成了對自身的救贖，他一把將平度哲也的屍體推開。轉向羅獵衝去，他的目的並非是要攻擊羅獵，在羅獵身前躍起，越過羅獵的頭頂，利爪徑直插入一隻意圖從後方突襲羅獵的翼人頭部，那翼人雙翅因掙扎而急速的撲稜著，可是仍然無法逃脫方克文的死亡之爪。

羅獵道：「這裡交給你！」

羅獵大步衝入那道門，他要找到黑堡的統領，擒賊先擒王，他要摧毀這裡的一切，以免危害這個世界。

藤野忠信望著桌上的紅色針劑，他的目光充滿了猶豫，可最終還是拿起了針劑，找到自己左臂靜脈準確無誤地扎入注射進去。他是藤野家年輕一代的翹楚，他擁有強大的意志力，然而這仍然無法保證他可以獲得今天的這場勝利，讓他保住黑堡，黑堡是藤野家最為重要的堡壘，也是他們的秘密實驗基地，關係到藤野家的興衰存亡。

如果黑堡被毀，他將面臨比死更加可怕的下場，他不容許這樣的一幕發生，人在堡在，人亡堡亡。

藤野忠信的信心隨著藥劑在體內的擴散而迅速增長著，除非萬不得已，他不會將這支藥劑注入到自己體內。一個人的身體如何強大，終究還是要受到大腦的控制，如果能夠控制住他人的意識，無論這個人如何強悍都將為自己所用，藤野忠信站起身，來到右側的密閉門前，打開了黑堡中最為神秘和堅固的那道門，一股寒潮從裡面湧出。

沉重的腳步響起，從腳步聲聽來步履維艱，這是一個身高在三米左右的巨人，他的周身生滿白色的長毛，因為從低溫冰室內走出，他的身上還佈滿冰霜，握緊的雙拳準備隨時都要出擊，他要抓住第一個所見到的生物，無論是誰，他都要將對方撕碎，以此來慶祝自己的重獲自由，也以此來發洩自己心中的憤怒。

藤野忠信的意識潛入了對方的腦域，這是一個風雪漫天的世界，冰人的世界本來就是如此，不要談什麼野獸，冰人才是黑堡的終極力量，最強力量，連平度哲也都沒有機會接觸到黑堡的核心秘密。

任何人都控制不了冰人，藤野忠信也不能，可是他可以通過增強自身的意識來達到這一目的。

冰人一把抓住了一旁的鐵柱，輕輕一拽，就已經將鐵柱連根拔起，舉起那根鐵柱想要向藤野忠信的頭頂砸去，鐵柱落下時卻突然一偏，重重落在地板之上將室內的地板砸出一個巨大的窟窿。

藤野忠信低聲道：「冰人，找到他們，將他們全都幹掉！」

冰人昂起巨大的頭顱，拖著鐵柱大步向前方走去，來到房門前，一腳將房門踹飛，可是這狹窄的房門仍然不夠他龐大的身軀出入，冰人的身體仍然倔強地擠入了門洞，強悍的身體將門洞擠壓變形，直到完全掙裂開來，他方才走了出去。

羅獵看到了冰霜裹滿周身的巨人，他第一反應就是進入這巨人的腦域並將他控制住，可是對方的腦域周圍已用冰牆封閉起堅實的壁壘。羅獵不得其門而入。

冰人揚起手中的武器向羅獵砸去，羅獵在正常人中算得上高大的身軀在冰人面前形同一個嬰兒一般。他原地翻滾，堪堪躲過這巨人的進攻，冰人揚起那根鐵柱上下翻飛，向羅獵發起了如同疾風驟雨般的攻擊。

羅獵射出的飛刀都被冰人體外堅硬的冰殼所阻擋，對冰人造不成任何傷害。自身卻不得不來回躲閃，躲避冰人的攻擊。

羅獵現在的處境非常危險，就在此時身後傳來一個關切的聲音道：「閃開，讓我來！」說話的卻是張長弓，冰人鬧出的動靜實在是太大，張長弓循聲找到了這裡。

張長弓認為自己的身體足夠強悍，他勇敢地向冰人衝去，冰人的身體過於龐大，張長弓想要對他造成傷害，就必須採取貼身肉搏戰，然而冰人馬上猜到了張長弓的意圖，手中鐵柱挽了個花，反手一擊，正中張長弓的身體，宛如擊球一般將張長弓打得橫飛出去，足足飛出二十餘米，撞擊在鐵壁之上而後方才滑落。

張長弓被冰人的這次重擊打得身體多處骨折，羅獵看到好友受傷，掏出手槍對冰人接連射擊，子彈射中冰人的身體只是激起一片冰塵，甚至連一個明顯的彈坑都未留下。

羅獵雖然沒能對冰人造成傷害，可是卻成功吸引了冰人的注意力，張長弓趁機恢復了過來。

冰人抬腳向羅獵踩去，羅獵一個翻滾躲開。他再次試圖突破冰人的腦域壁壘，可是仍然被拒之門外。

張長弓重新站起身，發出怒吼：「大個子，過來，老子要痛揍你一頓。」

冰人望著張長弓。

張長弓毫無畏懼地跟他對視著：「有種你將那根棍子放下。」

冰人丟下鐵柱，羅獵慌忙閃開，再晚一會兒就可能被鐵棍砸中。

張長弓大吼一聲再次向冰人衝去，冰人握緊右拳向這膽大妄為的傢伙砸去，張長弓奔跑中突然一個變線，冰人一拳落空，將甲板砸出一個大洞。

羅獵在此時成功繞過冰人，他推斷出這冰人一定受某種神秘力量的控制，想要擊敗冰人，就必須找到背後的操縱者，只要將操縱者幹掉，眼前的危機自然迎刃而解。

張長弓左閃右避，雖然成功躲過冰人的幾次進攻，卻終究還是被擊中，這次是被冰人的大腳丫子踢中，身體飛得更遠。

冰人準備衝上去，在張長弓沒有恢復起身之前將他的身體撕成兩半，此時槍聲響起，卻是隨後趕來的邵威，他看到救命恩人張長弓遇到了危險，慌忙開槍吸引冰人的注意，為張長弓解圍。

邵威心中明白，就憑著自己，壓根沒有和這巨人對抗的能力，可他又不能眼睜睜看著救命恩人遇險，江湖人也有江湖人的義氣，就算豁出這條性命，也不能對張長弓放任不管。

冰人不屑地望著邵威，他躬身抓起地上的鐵柱，猛然向邵威丟了過去，邵威看到那鐵柱呼嘯而來，有些狼狽地趴倒在了地上，鐵柱貼著他的頭皮飛了出去。

身後一道黑影彈跳而起，足尖在鐵柱上一點，然後再度躍起，騰躍到高空之中，俯衝而下，銳利的雙爪向冰人的面部抓去，卻是方克文在關鍵時刻出現。

冰人閉上雙目，方克文銳利的手爪仍然無法刺破他堅硬的肌膚，在方克文抓中他面門的同時，他揚起左手，一巴掌狠狠拍擊在方克文的身上，方克文縱然有鱗甲護身，仍然被這次的重擊擊飛。

方克文摔落在地上，他的身邊恰恰是剛剛爬起的張長弓，張長弓看了方克文一眼道：「我先上！」

方克文傷得不重，他馬上就爬起身來，低聲道：「一起上！」

兩人一左一右向冰人衝去，冰人看出了他們的意圖，揚起雙手分別向兩人抓去，方克文和張長弓看到那巨大的手掌即將拍落，兩人突然都向中間變線，方克文大聲道：「借我肩膀一用！」

張長弓身軀一躬，方克文騰躍而起，踩著張長弓堅實的背脊再次騰躍，一雙利爪刺向冰人的咽喉。

冰人將頭顱一低，這次方克文沒有刺中目標，手爪抓在了冰人的頭顱之上，他的這雙利爪就算是岩石和金屬也能輕易抓破，可是面對冰人堅硬的頭顱卻無計可施，只是在冰人的頭顱上留下數道白色的痕跡。

張長弓在方克文躍起之後，也隨之躍起，一拳重擊在冰人的襠下，換成平時張長弓才不會用這樣的下三路手段，可面對身材如此高大的冰人，只有這樣才能有效擊中目標，這一戰關乎生死，當然不能計較手段。

張長弓擊中冰人之後，馬上就意識到這一拳不可能對冰人造成任何傷害，冰人如同修煉了金鐘罩鐵布衫，他的身體防禦力之強大超乎想像。

冰人先是將方克文抓住狠狠摔落在地上，而後又一拳打飛了張長弓。

此時數道火力瞄準了冰人，三條子彈形成的火線輪番射擊在冰人的身上，循跡而至的還有陸威霖三人，陸威霖和瞎子一起加入到邵威的射擊之中，他們三人採取遠距離攻擊，他們的火力也只能起到吸引冰人注意力的作用，不存在任何的殺傷力。

百惠加入藤野家族已有多年，可是她從未見過，甚至沒有聽說過黑堡中隱藏著這樣一個刀槍不入的巨人，百惠隱身靠近冰人，一刀斬向冰人的足踝，試圖切斷他的右足。

太刀砍中冰人，發出噹的一聲悶響，太刀鋒利的刀刃因這次的猛烈撞擊而卷刃，可冰人卻毫髮無傷。

冰人看不到百惠，只能憑著猜測尋找她的位置。一時間陷入眾人圍攻冰人的局面之中，而此時，黑堡的警衛軍也開始朝這邊移動。陸威霖讓瞎子繼續用火力吸引冰人的注意力，他則和邵威兩人一起各自扼守一邊，佔據有利的位置，對聞訊趕來的黑堡警衛軍進行射擊。

邵威驚魂未定道：「那……那是個什麼怪物？」

陸威霖一槍幹掉了一名複製人警衛，淡然道：「這裡就是怪物的總部，看準了就開槍，千萬不要留情。」

瞎子一邊開槍一邊道：「這大個子實在是太厲害了，刀槍不入，連特製子彈對他也沒有任何作用。」

陸威霖道：「多點耐心，羅獵一定會有辦法。」

羅獵透過破損的門洞看到了藤野忠信，甘邊一別他們就再也沒有見過，羅獵本以為藤野忠信被龍玉公主所控制，甚至以為他已經死去，可藤野忠信仍然好端端地活在這裡。

藤野忠信蒼白的面孔緩緩轉了過來，他的表情悲愴中帶著嘲諷：「你怎麼找到了這裡？」

羅獵沒有說話，只是將手落在了飛刀之上，聯想起外面的那個怪物，羅獵幾乎能夠斷定，就是眼前的藤野忠信操縱了那個冰人。

藤野忠信笑了起來：「其實我沒必要問，一定是她把你引到這裡對不對？」

羅獵猜到他口中的她就是龍玉公主。

藤野忠信歎了口氣道：「我不是她的對手，你也不是，她利用了我，也利用了你，她想讓咱們同歸於盡。」藤野忠信抬頭環視周圍，像是在告訴羅獵，更像是自言自語：「沒有人能夠控制我，沒有人！就算她也不能！」

羅獵淡然道：「沒有人想要控制你，你看看你的周圍，知不知道自己在做什麼？如果這些怪物走出黑堡，牠們將給這個世界帶來什麼？」

藤野忠信道：「於我何干？」

羅獵道：「無論和你有沒有關係，我都要告訴你，所有一切都結束了。」說完之後，暗藏在掌心的飛刀就射了出去，直奔藤野忠信的咽喉，藤野忠信身軀側滑，他的動作快到超乎羅獵的想像。

兩人同時向對方衝去，羅獵射出的第二柄飛刀仍然被藤野忠信躲過，藤野忠信伸出手去，兩人同時抓住對方的手掌，彼此四目交匯。

轟！羅獵的腦域如同被悶雷擊中，防禦腦域世界的荊棘被烈火點燃熊熊燃燒起來。

棲息在綠色草叢中的蒼狼警覺地站起身來，牠看到一頭鬣狗從烈火燒出的缺口慢慢走入，鬣狗陰森目光貪婪地望著蒼狼，牠鎖定了自己的獵物。

蒼狼昂起高傲的頭顱，發出一聲震徹天宇的嚎叫。

鬣狗帶著煙火的味道，踏上青青草地，在草地上留下一連串汙濁的腳印，蒼狼靜靜望著這隻闖入自己領域的鬣狗，捕捉著牠的每一個動作，自身在悄然繼續著能量，牠要以靜制動。

鬣狗望著蒼狼，利用輔助手段，終於可以撕開羅獵腦域的壁壘，進入他的腦域，牠要擊敗對手，徹底佔領這片美麗的領域，鬣狗邁開步伐，向蒼狼衝去，牠的速度快到了極致，四爪踐踏著綠色海洋般的土地，宛如在上面撕開了一條觸目驚心的傷痕。

蒼狼俯視著這卑鄙無恥的生物，在鬣狗進入攻擊範圍之後，牠終於開始啟動，在羅獵的腦域世界中，兩頭敵對的生物開始了一場頑強的搏鬥，關乎生死，也關乎整個戰場的大局。

張長弓不記得自己是第幾次被冰人擊飛，強悍的復原速度已經趕不上冰人變態的攻擊力，新傷未癒，舊傷又添。方克文比他也好不到哪裡去，雖然憑藉著一身堅不可摧的鱗甲護住身體，可是冰人的一次次重擊也讓他苦不堪言，這次方克文乾脆就被冰人擊出了艦橋。

瞎子的火力牽引剛開始還有些效果，可後來冰人對這種不疼不癢的攻擊乾脆採取了無視，現在處境最為危險的反倒是陸威霖和邵威，他們兩人負責阻擊聞訊趕來的複製人警衛，那些警衛沒完沒了地冒著，火力不見減弱，可陸威霖他們這邊的子彈就快打完了。

一旦子彈用盡，複製人警衛就會一擁而上，而他們也會面臨被包圍的局面。

百惠圍繞冰人採取遊記戰術，利用隱身的能力和靈活的身法有效躲避了冰人的攻擊，雖然沒有受傷，可是憑她的能力也無法給冰人造成任何傷害，陸威霖的困境她看在眼裡，馬上決定暫時放棄對冰人的攻擊，先解決陸威霖這邊的問題。

百惠躲過冰人的攻擊，迅速衝向黑堡警衛的隊伍，揮動手中太刀，宛如砍瓜切菜一般斬殺那群複製人警衛，百惠斬殺警衛之後就將武器拋向陸威霖和邵威的方向，以這種方式為兩人補給彈藥。

可是百惠的行為卻引起了冰人的注意力，再次將剛剛衝上來的張長弓拍飛之後，冰人向陸威霖的方向衝了過去，他要先清除這邊的對手。

邵威和陸威霖兩人都意識到了危險的到來，邵威道：「分開行動。」

陸威霖點了點頭，向瞎子招呼了一聲，三人分散開來，避免被衝上來的冰人一窩端，冰人重重一腳踏向陸威霖，陸威霖連續幾個翻滾方才堪堪避過這一擊，危險關頭，從下方重新爬上來的方克文再次騰空躍起，撲向冰人的後背，一手抓住冰人的脖子，一手的利爪刺向冰人的耳孔，人有七竅，冰人也不例外，方克文已經嘗試進攻冰人的多處弱點，可至今都未成功，這次他選擇了耳孔。

冰人將臉及時一偏，方克文刺了個空，利爪抓在冰人的後腦上，仍然徒勞無功。冰人反手抓住方克文的右腿，將他從背後拽了下去，狠狠摔倒在甲板上，揚起巨大的拳頭，照著方克文一拳又一拳砸了下去，直到將方克文的身體楔入甲板之中。

張長弓雙手抓住一旁的艙門全力一拽，精鋼鑄造的艙門被他整個拽了下來，然後他宛如投擲飛碟一樣將艙門扔了出去，艙門旋轉飛出重重撞擊在冰人的頭顱之上，發出噹的一聲悶響。

冰人雖然強悍，也被張長弓的這次全力一擊砸得發暈，一屁股坐在了地上，已經陷入甲板中的方克文伸出右手將冰人的左足死死摟住，冰人一時間無法逃脫他的束縛。

張長弓趁此良機，撿起掉落在地上的艙門，騰空一躍，從空中居高臨下照著冰人的腦袋狠狠拍落下去。

鬣狗和蒼狼的身上都是血跡斑斑，無論鬣狗怎樣努力，都無法衝破蒼狼的封鎖，蒼狼以強大的毅力支撐著，一輪紅日從蒼狼的背後一點點冒升出來，將蒼狼的身體染上金光，更顯得威風凜凜，不可一世。

鬣狗怨毒的雙目望著蒼狼，牠的身軀開始顫抖，牠並未想到對方的意志如此強大，竟然可以堅持那麼久的時間。

利用藥物短時間內提升自身的精神力畢竟有一定的時效，現在藤野忠信就面臨著這個問題，而更讓他害怕的是，他侵入了羅獵的腦域，原本以為可以在短時間內以壓倒性的優勢拿下的戰鬥，卻拖了那麼久，烈火燒過的荊棘又如雨後春筍般冒升出來，封鎖住了牠後退的道路，無法後退只能向前，機會往往就在最後的關頭出現。

在如此關鍵的時刻，蒼狼低下頭顱，牠應當也到了崩潰的邊緣，鬣狗頸部的鬃毛豎立起來，牠積聚所有的力量突然衝了出去，快如閃電，牠要在蒼狼低頭的剎那將之一舉擊敗。

張開的巨吻之中利齒閃爍著寒光，蒼狼卻在鬣狗發動這次攻擊之時突然倒了下去，原地翻滾，騰躍，所有的動作一氣呵成，躲過鬣狗的攻擊，成功來到鬣狗的身後，騰躍而起，完成主動攻擊，鬣狗最擅長攻擊獵物的後方，卻想不到這次居然被蒼狼所乘，將自己的後部弱點完全暴露給了牠。

蒼狼一口咬住了鬣狗的尾巴，右爪從鬣狗的後部命門一直掏入了牠的腹部，以彼之道還施彼身，鬣狗發出一聲淒慘的嚎叫，然後牠的身體被蒼狼甩脫了出去，在蒼狼的右爪和鬣狗的身體之間有一條長長的紐帶相連。

藤野忠信霍然睜開雙目，還未來得及慶幸自己逃出了羅獵的腦域世界，卻遭遇到羅獵堅忍果決的目光，他看到一道寒光正朝著自己的咽喉劃過，雖然看到卻再也無法逃開，飛刀，羅獵用一柄小小的飛刀劃開了他的咽喉，藤野忠信能夠聽到自己鮮血噴出咽喉的聲音，像風聲，內心中的恐懼突然消失了，腦海中紛繁複雜的影像開始旋轉收縮，最終凝聚為一個紅色的身影，他已經看不到任何的東西，僅有的感覺仍然可以感知到羅獵就在他的身後。

藤野忠信道：「你擺脫不了……跟我一樣，你永遠都擺脫不了……」一個方盒子從他的手中掉落下來，那盒子卻是一個遙控開關，在他被羅獵割喉之前，已經按下了上面的按鈕。這是黑堡的自毀裝置，也是他所掌控的最後一道防線，就算玉石俱焚，也不能讓黑堡的秘密洩露出去。

冰人的動作明顯變得遲緩，張長弓揚起艙門宛如打樁機一樣一下又一下地砸在冰人的頭上，方克文也從甲板內艱難爬出，加入到對冰人的圍攻之中，冰人似乎在瞬間失去了思考的能力，竟然不知道躲避，無論兩人對他如何攻擊他都沒有做出任何的反抗動作。

張長弓反手掄起艙門，照著冰人的下頷重重來了一下，這次冰人再也支撐不住，四仰八叉地倒了下去。

瞎子發出一聲歡呼，可是還沒來得及慶賀就感到足下一震，這次的震動將他們大部分震倒在了地上，頭頂傳來羅獵的呼喊聲：「這裡要爆炸了！快逃！快逃！」

瞎子點了點頭，但是他馬上又想到了一個很重要的問題，逃往哪兒？他們這群人到底往哪兒去逃。還好他們之中還有百惠，百惠道：「跟我來！」她轉身向下方逃去，瞎子和張長弓對望了一眼，他們還有些猶豫，邵威對百惠此前更沒有什麼瞭解，不知該不該信任她。

陸威霖道：「你們都聽到她的話了？」他說完就跟了上去，無論其他人相不相信，他是相信的，如果不是百惠對自己產生了感情，她又怎會背叛藤野家族？在這種時候她選擇站在了自己一邊，自己又怎麼有理由不相信她？

百惠引領眾人前往位於黑堡底部的碼頭，還未抵達，一場從黑堡中心引發的爆炸就已經發生了，爆炸讓他們逃離的腳步踉踉蹌蹌，不過所有人都成功來到了碼頭，碼頭上停泊著一艘潛艇。

百惠指揮眾人進入潛艇，羅獵此時也追趕上來，看到是百惠，只是微笑點了點頭，並沒有來得及說話，也沒有必要多問。

眾人全都進入潛艇之後，百惠駕駛潛艇脫離黑堡向海底深處駛去，剛剛離開黑堡，爆炸就波及到了他們的周圍，爆炸引起的火光將海面染紅。

潛艇因爆炸的衝擊而旋轉著搖晃著，連羅獵都不禁擔心這小小的潛艇極有可能會在這場爆炸中失控。

黑堡爆炸解體，巨大的殘骸一個接著一個向海底沉去，百惠剛剛控制住潛艇，就不得不面對這從高處降臨的威脅，潛艇在黑堡殘骸中穿梭，透過潛艇的觀察窗，可以看到外面一個個宛如小山般墜落的殘骸。

眾人因為緊張全都屏住了呼吸，只要稍有不慎潛艇就會被廢墟擊中，雙方無論體積還是品質都相差巨大，一旦相撞，這艘潛艇就將支離破碎，永遠沉入漆黑的海底。

海面上的濃霧漸漸散去，來自黑堡的爆炸聲隨風送入海盜們的耳朵裡，透過望遠鏡，徐克定已經看到了黑堡爆炸的情景，他推測出羅獵幾人應當已經達成了目的，不得不承認他們還是很有些本事的。然而黑堡已經爆炸，羅獵幾個也應當在劫難逃。徐克定欣慰之餘又感到有些惋惜，欣慰的是這次出海總算完成了幫主交給他們的任務。可惋惜的是，邵威也和羅獵一起進入了黑堡，羅獵若是逃不出來，他也沒可能有逃生的機會。

邵威是幫中年輕一代的翹楚人物，徐克定一直看好他，甚至認為邵威可能成為未來幫中的領袖，可若是性命沒了，什麼機會都沒了，徐克定想不通為什麼邵威一定要去，監督羅獵幾個？似乎沒那個必要，證明自己的膽色，更是多此一舉，可邵威最終還是去了，是死是活都是他自己的選擇。

徐克定準備等到黑堡那邊的爆炸平息之後，再下令開船去現場看看，須知道黑堡乃是用六艘軍艦連接組合而成，從內部被炸毀，艦船輪番沉入海底，引發一個又一個漩渦，如果靠近太早極有可能被漩渦捲入，從而陷入萬劫不復的深淵。

一名手下來到徐克定的身邊，低聲耳語道：「二掌櫃，小姐又逃了。」

徐克定皺了皺眉頭，海明珠逃跑已經不是第一次，這刁蠻任性的丫頭還嫌給他們增加的麻煩不夠多。

手下道：「那個葉青虹也跟她一起逃了，還打暈了兩名看守，二掌櫃，要不要召集人手去追？」

「追？」徐克定說完就搖了搖頭道：「沒那個必要，她們就算想逃，又能逃到哪裡？」茫茫大海除了這艘船，又哪裡還有容身之處，若是貿然跳入海中，就算不被海怪給吞了，也會被淹死。

事實馬上就驗證了徐克定的揣測，沒等他們去尋找海明珠，海明珠和葉青虹就主動現身了，她們兩人原本倒是想逃出後藏起來，甚至想過要趁機控制這條船，可當她們看到黑堡爆炸後迅速沉沒，頓時就亂了方寸，要知道羅獵幾人全都在黑堡之中，黑堡沉沒他們若是無法及時逃離，豈不是必死無疑。

現在能救羅獵幾人的只有徐克定了，海明珠此番現身是為了求助。事實上除了徐克定之外，也沒有其他人有這樣的能力。

徐克定並非不想去救，而是目前的狀況並不允許他這樣做。海明珠聽說他還要再等一會再帶人過去，不由得急火攻心，在海明珠看來，多消磨一會兒時間，那些人獲救的可能性就會越小，她並不考慮徐克定這樣做的原因只認為他是在公報私仇，憤憤然道：「再等一會兒過去還救什麼人？」

徐克定在這件事的立場上非常堅定，並沒有受到海明珠的影響，斷然道：「我不可以拿剩下人的性命冒險。」

葉青虹由始至終沒有說一句話，內心卻深深處在煎熬之中，雖然過去羅獵無數次死裡逃生，雖然他逆天的運氣已經不止一次證明，可這次不一樣，覆巢之下安有完卵，連黑堡全都沉沒了下去，身在黑堡內部的他們又怎能來得及脫身？事到如今說什麼都沒用，只希望蒼天有眼，庇佑所有同伴逃過此劫。

潛艇在海底終於穩定了下來，所有人都不敢說話，目光集中在百惠身上，他們之中唯一懂得操縱潛艇的人就是百惠，今日能否順利從這裡逃出，所有的希望都寄託在百惠身上。

潛艇已經基本逃出了黑堡的區域，他們所面臨的危險比起剛才要小一些，現在百惠最需要留意的就是因為殘骸墜落而牽扯出的一道道潛流。

羅獵閉上雙目，將自身的意志力向周圍延展出去，默默感受著這危機四伏的周圍。

突然一股不祥的感覺湧上心頭，羅獵在第一時間判定那頭巨大的海怪正在迫近他們所在的潛艇，羅獵道：「轉向，回頭！」

所有人都是一怔，不明白羅獵這句話的意思，他們好不容易才從死亡區域中逃離出來現在卻要折返回去？不過他們都沒有質疑羅獵的提議，在這群人中，羅獵擁有著超強的威信，他們對羅獵極其信任。

百惠剛剛將潛艇掉頭行駛，那頭海怪就已經追蹤而至，張開巨吻本想將這小小的潛艇一口吞下去，一塊巨大的黑堡廢墟從上方落下，海怪不得不選擇躲避，這廢墟剛好將潛艇和海怪阻隔。

百惠憑藉一流的駕駛技術操縱著潛艇再次進入黑堡的沉沒區，也唯有如此，他們才有希望擺脫海怪的追殺，對潛艇內的人而言，現在的每分每秒都是煎熬。

潛艇在海底航行了半個多小時，總算擺脫了那頭海怪，百惠操縱潛艇緩緩上浮。

第四章

利己主義者

羅獵當然不會相信白雲飛虛情假意的話，
白雲飛為人現實且冷酷，
尤其是在經歷津門的大起大落之後，
白雲飛變成了一個徹頭徹尾的利己主義者，
過去江湖好漢的豪氣和熱血變得更淡。

海龍幫的海上搜救行動在黑堡區域的海面徹底平靜之後開始，他們在原地搜索，尋找生還者的蹤跡，可是搜遍附近的海域都徒勞無功，就在所有人即將絕望放棄的時候，負責瞭望的海盜發現了遠方浮出海面的潛艇。

羅獵等人的回歸讓眾人欣喜非常，在第一時間原本敵對的雙方甚至忘記了彼此的仇恨，當海龍幫一方反應過來的時候，瞎子和張長弓卻先行控制住了邵威，以邵威作為要脅，脅迫海龍幫方面將其中一艘船提供給了他們，徐克定何其老道，一看就知道在這件事上邵威和他們站在了一起。看破不點破，畢竟其中還有海明珠這位刁蠻大小姐，就算是邵威不幫羅獵他們，海明珠也會幫忙。

徐克定只說了句好自為之，就讓手下退了下去，經歷這場驚心動魄的劫難之後，徐克定已經沒了爭強鬥狠的心境，只求能夠帶著剩下的人平安返回。

七天之後，羅獵一行人經由舟山返回了黃浦，海明珠和邵威只是將他們送到了舟山，接下來的行程他們自己雇船前往。離去之前，海明珠悄悄和張長弓約定不久以後就會去黃浦見他，可現在她必須要回去，面見父親並向他解釋清楚所有的一切。

這次的黑堡之行少了兩人，前往黑堡的途中安藤井下就已經不見蹤影，而且全程都未曾現身，至於後來出現並倒戈幫忙的方克文，則是在黑堡被炸毀的時候並未登上潛艇，不知他已和黑堡共存亡還是悄悄離開，羅獵寧願相信他仍活著。

這場生死冒險讓每個人的心境都發生了變化，其中變化最大的應當是老安，老安一個人坐在船頭，望著前方在晨霧中現出輪廓的黃浦，表情顯得有些凝重，他的傷已經癒合，可整個人卻變得少言寡語。

身後響起腳步聲，從平穩的節奏已經可以推斷出到來者的淡定。

老安不用回頭就知道來人應當是羅獵。

羅獵在老安的身邊坐下，和他一樣望著遠方的黃浦，老安率先打破沉默道：「我回去見到侯爺會跟他說，所謂的太虛幻境只不過是前人故弄的一場玄虛罷了，我們到了地方，什麼都沒找到。」

羅獵笑了起來，露出滿口整齊而潔白的牙，而後又道：「什麼都沒找到？」

老安懂得他的意思，若說這次收穫最大的人應當是自己，他找到了自己的女兒，本以為被海連天殺掉的女兒，卻仍然好端端活在世上，一路走來，老安始終在思索如何復仇的問題，復仇就要殺掉海連天，可是如果這樣做勢必會讓女兒陷入兩難的境地，老安決定暫時放下，並不意味著他要放過海連天這個惡貫滿盈的罪魁禍首，而是要放過自己的女兒，給女兒一些空間。

一個人如果能夠暫時放下仇恨，必然有很重要的原因。

羅獵能夠體會老安的心情，老安剛才的話明顯釋放出善意，無論這次出航的結果如何，他們都要給白雲飛一個答覆，畢竟白雲飛從頭到尾勞心勞力。

羅獵並不在乎白雲飛可能有的反應，如今白雲飛在黃浦的能力雖然強大，可是真正選擇和他們這些人為敵，白雲飛目前還沒有這樣的勇氣。

不過無法排除白雲飛會利用其他手段，比如利用湘北那位少年得志的督軍。當今世界，只要有錢有勢，就會有許多亡命徒為你賣命，海龍幫的追殺不會是第一次，更不會是最後一次，所以羅獵讓陸威霖在舟山登陸之後離開，和他一起走的還有百惠和瞎子，羅獵讓他們先行返回滿洲，自己將黃浦這邊的事情料理清楚之後也會前往滿洲跟他們會合。不過這邊的事情估計要耗費一些時間，瞎子心繫外婆自然歸心似箭，陸威霖明白羅獵是好意，畢竟當初殺死任忠昌的人是他，如今任天駿向自己尋仇也是天經地義，羅獵讓他去滿洲的目的也是為了避免他和復仇者正面衝突。

羅獵輕聲道：「**復仇未必能夠讓一個人得到真正的快樂。**」

老安若有所思，知道羅獵的這句話應該是在說給自己聽。

葉青虹也朝這邊走來，輕聲道：「國恨家仇何者為大？中華之所以陷入目前的局面，和當權者一心謀私關係很大。」

羅獵轉身笑了起來，葉青虹整個人都被他的笑容暖化了，只覺得眼前這個男人是自己心中所屬，是自己一生所屬。

老安無意打擾兩人相處的空間，點了點頭起身向艙房走去，他要去整理行囊，順便好好體會一下羅獵的這句話。

葉青虹來到羅獵面前，羅獵伸出手去幫她將額頭上被風吹亂的頭髮攏起，這細心親密的舉動讓葉青虹俏臉有些發熱，她小聲道：「你也不怕別人看到。」

羅獵笑了起來，他何時怕過，這次和龍玉的重逢讓他終於將顏天心的事情放下，無論承認與否，顏天心的離開都已經成為事實，即便歸來，歸來的也只是她的身體。他必須學會適應，適應顏天心離開的世界。

葉青虹挽住羅獵的手臂，和他一起眺望黃浦的方向：「回到黃浦之後我馬上派人去日本，爭取將安藤井下家人的事情儘快安頓好。」

羅獵道：「辛苦了。」

葉青虹啐了一聲道：「你我之間還需要說這些？」

羅獵點了點頭，他想說什麼，卻欲言又止。

葉青虹從他微妙的表情變化中看出了端倪，小聲道：「你是不是有什麼事情瞞著我？」

羅獵沒說話。

葉青虹指著他的鼻子道：「你是不是外面還有女人？」

羅獵禁不住笑了起來，葉青虹卻擁緊了他的手臂，彷彿怕他隨時都被海風吹走似的：「有我也不怕，你那麼聰明，誰對你好，誰值得你對她好，你自然清楚的，對不對？」

羅獵沒有說話，笑得卻越發親切了。

白雲飛見到老安，不等他向自己稟報，就已經猜到此次的結果很可能以失敗告終。

老安將整件事從頭到尾說了一遍，當然是他自己的版本，還特地向白雲飛展示了自己身上的傷痕，白雲飛關心的當然不是這個，就算老安死在海裡，只要能夠完成任務，對他來說也是值得的。

白雲飛歎了口氣道：「我還是低估了羅獵，想不到他居然給我來了一手金蟬脫殼的對策。」

老安主動承擔責任道：「都是屬下無能，居然被他騙過。」

白雲飛搖了搖頭道：「跟你沒關係，羅獵這個人本來就很狡猾，更何況他身邊還有一個聰明過人財力豐厚的葉青虹。」

對葉青虹，白雲飛多少還是有些忌憚的，他目前所繼承的財富和地位來自於穆三壽，可穆三壽是葉青虹的義父，說起來自己得到了本屬於葉青虹的遺產，當然葉青虹也不會在乎這些財富，就算沒有穆三壽的這份財富，她依然擁有驚人的財富，這段時間白雲飛也一直都在悄悄調查葉青虹。

老安道：「我們在海上遭遇了海龍幫的追殺，根據瞭解，海龍幫是受到了任天駿的雇傭。」

白雲飛道：「年少氣盛，上台後的第一件事果然要為他死去的老爹報仇。」

老安道：「任天駿是個怎樣的人？」

白雲飛淡然笑道：「用不了多久你就會知道了。」他停頓了一下道：「這兩天他就會來黃浦。」

羅獵在抵達黃浦的第二天主動登門拜會了白雲飛，既然接受了白雲飛的委託，於情於理都要給他一個交代，白雲飛算準了羅獵會來，聽聞通報之後，白雲飛並未像以往一樣熱情出迎，而是就在會客廳等著，點燃了一杆旱煙，靜靜等待著羅獵的到來。

手中的旱煙得自於穆三壽，這煙杆兒傳承到他手中依然代表著權力和威嚴，白雲飛很少使用，這煙杆兒拿在他的手中顯得並不和諧，可這不重要，重要的是穆三壽將權力傳遞到了他的手中。

羅獵曾經不止一次見過這煙杆兒，最後一次還是在頤和園地宮，不難推測出白雲飛就是在那裡從穆三壽手中接過了煙杆兒，至於用何種手段就不得而知了。

羅獵在老安的引領下走入客廳，白雲飛看到羅獵進來，呵呵笑道：「羅老弟平安歸來，真是可喜可賀。」

口中雖然說著可喜可賀，可是他卻並沒有急於站起身來，舉動中明顯表達著對羅獵的慢怠。

羅獵淡淡笑了笑，白雲飛卻從他的笑容中解讀出對自己表現的不屑，感覺自己的態度的確有些落入下乘，於是勉強站起身來，向羅獵伸出手去，羅獵揚起右手，他的右手纏著白色的繃帶：「不好意思，我受傷了。」

於是白雲飛的手僵在了中途，這一狀況是老安並沒有向自己稟報的，老安也是一頭霧水，昨天和羅獵分手之時，也沒有發現他的右手受傷？

大智慧未必沒有小聰明，羅獵已經算準了此次登門白雲飛可能擺出的態度，所以提前耍了那麼點的小小手段。

白雲飛呵呵笑了起來，感覺局面被自己弄得尷尬了，笑過之後馬上做出一個邀請的動作，「坐！快請坐！」

羅獵這邊坐下，白雲飛又吩咐老安去泡茶。

羅獵不慌不忙地落座飲茶，白雲飛不問，他也不主動開口。兩人都是城府極深之人，也都沉得住性子。剛開始不輕不重地探討著天氣和局勢，耍了半天太極，白雲飛方才將話題落到了實處：「羅老弟此行辛苦了。」

羅獵歎了口氣道：「談不上辛苦，只是說來慚愧，辜負了白先生對我的信任，此番出海一無所獲，實在是慚愧，慚愧！」

白雲飛道：「羅老弟客氣了，勝敗乃兵家常事，我委託老弟前去原本就是為了查明真相，只要猜到了真實狀況，有了確實的結果就好。」

羅獵點了點頭道：「其實在我此番出海之前就認為這個世界上根本就沒有什麼長生不老的事情。」

白雲飛向老安使了個眼色，老安知趣地退了出去。

羅獵將手中的茶盞放下道：「長生不老的仙丹沒有幫白先生找到，卻發現了許多的怪物。」

白雲飛其實已經從老安那裡聽說了黑堡的事情，只是老安並沒有親自經歷，所以對黑堡的事情並不瞭解，羅獵將黑堡的事情簡單說了一遍，白雲飛明顯被提起了興趣，身軀漸漸向羅獵傾斜。

可羅獵在這件事上的解釋也是避重就輕，白雲飛從他的描述中也就只能知道個大概，羅獵壓根也沒想對他解釋清楚。

羅獵說完，白雲飛忍不住問道：「你是說那黑堡已經完了？」

羅獵點了點頭，白雲飛掩飾不住心中的失望，既然黑堡完了，那豈不是意味著說跟不說都是一樣。

羅獵道：「可以說完了，也可以說沒完。」

白雲飛道：「此話怎講？」

羅獵道：「黑堡被毀，可是藤野家族並未被連根拔起，藤野忠信也只是奉命行事罷了，在他背後還有藤野俊生，還有整個藤野家族深不可測的勢力。」

白雲飛道：「如此說來，你炸毀了黑堡，毀掉了藤野家族辛苦經營的基業，你不怕他們會找你麻煩？」

羅獵淡然笑道：「怕有用嗎？如果每個人都怕，每個人都不去做這件事，那麼藤野家的勢力將會坐大到何種地步？一旦他們的實驗成功，倒楣的恐怕不止是你我二人。」

白雲飛一邊笑一邊指著羅獵道：「羅老弟啊羅老弟，知不知道我最欣賞你什麼？不管什麼時候都放不下一顆憂國憂民之心。」

羅獵道：「位卑不敢忘憂國。」

白雲飛道：「佩服，佩服！」他話鋒一轉道：「只是這樣一來，用不了太久時間，日本人就會找上羅老弟。」

羅獵道：「我早已習慣了麻煩，如果突然平靜下來反倒會不適應呢。」

白雲飛笑道：「也是，咱們中華有句老話，福無雙至禍不單行，羅老弟少年英雄，可夜路走多了終歸會遇到麻煩。」他將手中的煙杆主動遞了過去，邀請羅獵抽上一口。

羅獵哦了一聲，面對白雲飛遞上的煙杆兒搖了搖頭道：「我戒煙了。」

白雲飛頗感詫異：「戒了？」

羅獵道：「戒了！」

白雲飛道：「一個男人不抽不喝不嫖不賭，那該有多麼無趣啊。」

羅獵道：「我原本就是個極其無趣的人。」

白雲飛道：「我可不這麼認為。」聲音突然低了下去：「羅老弟是不是有什麼事情瞞著我？」

羅獵居然點了點頭：「你想要的長生秘訣很可能藏在藤野家族的那本《黑日禁典》之中。」

白雲飛的第一反應就是羅獵在欺騙自己，利用自己急於得到長生秘訣的心理。白雲飛道：「經過這件事後，我突然想透了一個道理，其實人最重要是將眼前的這輩子過好，長生又如何？若是庸庸碌碌渾渾噩噩活上千年也未嘗不是一種悲哀。」

羅獵淡然一笑，希望白雲飛這番話出自真心才好，歉然道：「是我辜負了白先生的信任。」

白雲飛道：「話千萬不要這麼講，你我之間雖然算不上兄弟，可也是患難與共的朋友，無論你心中怎樣想，我始終都將你當成兄弟。」

羅獵當然不會相信白雲飛虛情假意的話，白雲飛為人現實且冷酷，尤其是在經歷津門的大起大落之後，白雲飛變成了一個徹頭徹尾的利己主義者，過去江湖好漢的豪氣和熱血變得更淡。

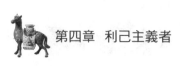

羅獵點了點頭道：「白先生胸襟廣闊，讓在下更感慚愧，這次的事情所有責任在我，我向白先生保證，所有損失和經費由我負責賠償。」

「見外了不是？」白雲飛在乎的當然不是那點兒錢，更何況錢本來也不是他的，現在他在黃浦法租界漸漸站穩了腳跟，錢財方面的事情自然不會發愁。

羅獵起身告辭，他並不想和白雲飛多做糾纏。

白雲飛卻道：「老弟別急著走，我還有一件事要提醒你呢。」

羅獵笑道：「白先生請指教。」

白雲飛道：「老弟應當還記得任天駿的事情？」

羅獵道：「記得，此人還雇傭了海龍幫在海上追殺我們呢。」

白雲飛道：「我開始也不清楚這個年輕人跟你們有什麼深仇大恨，直到最近方才搞清楚，原來任天駿是將你們幾個當成了他的殺父仇人。」

羅獵道：「看來白先生消息有誤，我和這件事可沒有半點兒關係。」

白雲飛道：「世事無絕對，據我說知，羅老弟當天晚上可的的確確出現在了藍磨坊，葉青虹好像也在那裡吧。」他此前已經對任忠昌遇刺當晚的事情調查了個一清二楚，否則也不會說得如此肯定。

羅獵道：「以當時藍磨坊在黃浦的名氣，前往湊個熱鬧也實屬正常，可惜白先生當時不在，當時若是白先生也在，我就請您一起過去聽歌了。」

白雲飛笑道：「歌有什麼好聽？還是性命重要，我現在越來越怕麻煩，寧願躲在家裡自個兒清唱兩句，也懶得去外面聽戲。」

羅獵道：「藍磨坊是唱歌跳舞的地方，不是戲院。」

白雲飛呵呵笑道：「我倒忘了。」

羅獵道：「我也忘了，白先生過去是梨園出身，眼界自然要比我這個凡夫俗子高上許多。」

白雲飛搖了搖頭道：「好漢不提當年勇，話說我原指望著在梨園闖出一番天地的，只可惜後來突然倒了嗓，什麼理想抱負都突然成了泡影，只可惜了我從小為了學戲捱的苦受的罪。」

羅獵道：「塞翁失馬安知非福，白先生倒了嗓，雖然梨園少了一位王者，可江湖中卻多了一個傳奇。」

白雲飛微微一笑，臉上也顯得有些得意，他這輩子人生有過兩大轉折，都是在走投無路的絕境下突然又出現了希望，一次是少年身在梨園，在眾人都認為梨園出現了一顆冉冉升起的新星之時突然倒了嗓，還有一次就是掌控津門安清幫，原本已可呼風喚雨，名震江湖，卻因為拒絕和日本人合作而遭到了陷害，可這次卻又在偶然的機會得到了穆三壽送給他的權力。

兩次雖然都柳暗花明峰迴路轉，可白雲飛卻深知其中的不易，命運不會每次都垂青於他，尤其是他這種人過著風風雨雨刀頭舐血的日子。

白雲飛道：「能活著運氣都不錯，冤家宜解不宜結，我初入江湖的時候，認為江湖中人要爭強鬥狠，跟人比拳頭，跟人比膽色，可現在我明白，要想活得長久，就必須學會與人為善，打打殺殺沒有任何的意義，和氣生財才是硬道理。」

羅獵道：「聽白先生說話，總讓我獲益匪淺。」

白雲飛道：「以羅老弟的智慧哪還需要我來指教，不過……」他停頓了一下道：「給你一個忠告，此地不宜久留，任天駿可不好惹。」

羅獵離去之後，白雲飛又將老安叫了進來，老安跟隨白雲飛多年，對他的性情已經非常瞭解，從白雲飛的臉色就已經看出他的心情並不好。低聲道：「侯爺有何吩咐？」

白雲飛將手中的茶盞重重一頓，怒道：「老安，你騙得我好苦。」

老安處變不驚道：「侯爺此話怎講？老安對侯爺之心上天可鑒。」

白雲飛道：「你傷得如此之重，到底是何人將你救回？」

老安本想開口，白雲飛伸手制止他道：「就算你不說我也知道，現在我讓你去殺羅獵，你一定不肯對不對？」

老安道：「老安的這條性命都是侯爺給的，別說侯爺讓我去殺他，就算侯爺現在要了我的性命，老安也不會皺一下眉頭。」

白雲飛本來滿面怒容的面孔卻突然改變，他哈哈笑了起來：「跟你開個玩笑罷了，老安，我何時懷疑過你？」

老安心中暗歎，你現在不是懷疑我是什麼？

白雲飛將旱煙收好，起身道：「備車，送我去浦江酒店。」

羅獵這次歸來並沒有去葉青虹為他安排的住處去住，而是留在了小教堂，張長弓也在這裡，回來的這段時間，張長弓抽空將小教堂內破損的門窗傢俱修整了一番。

羅獵走入小教堂，看到張長弓正點了蠟燭放在祈願台上，表情還非常的虔誠，羅獵不禁笑了起來：「張大哥，您好像不信耶穌啊？」

張長弓也笑了：「圖個吉利，既然來到這裡，總得拜上一拜。」其實他一直心中不安，擔心自己會變成怪物。此前出海因為時時刻刻都在危機中度過，他根本沒時間去想，現在回到黃浦突然鬆弛了下來，他就禁不住開始胡思亂想。

羅獵道：「是不是求耶穌保佑你保持現在的樣子？」

張長弓歎了口氣道：「當真什麼事都瞞不住你。」老友面前他自然也沒必要隱瞞，充滿憂慮道：「安藤先生給我注射了藥物，我擔心會變成他那個樣子。」

羅獵搖了搖頭道：「不會！」

張長弓以為他只是安慰自己，又歎了口氣道：「你不用安慰我，如果有一天我當真變成了那個樣子，我就回滿洲的深山老林去，假如有人問起我，你就說我已經死了。」說到這裡眼前卻浮現出海明珠的身影，想起海明珠說過不日要來黃浦與自己相見，自己也答應了她，如果避而不見，豈不是不守承諾？

羅獵道：「不是安慰你，安藤先生之所以變成那樣子是因為最初的化神激素並未研製成功，所以副作用極大，他是第一個接受化神激素的實驗者，也是這項研究的主創之一，在鳴鹿島一個人生活的這些年，他利用手頭的設施繼續研究並提純了化神激素，最大限度地減少了激素注射後的副作用，所以你無須擔心。」

其實羅獵所說的這番話有一半出自於他自己的杜撰，他實在不忍心看到張長弓陷入憂慮之中，在羅獵漸漸恢復的記憶中也找到了一些辦法，他正在將之形成一個完整的體系，羅獵相信自己所擁有的知識可以圓滿地解決張長弓的問題，如果張長弓的問題能夠得到解決，那麼安藤井下乃至方克文都有可能在他的幫助下恢復原貌。

張長弓道：「安藤先生要是在就好了。」

羅獵點了點頭，他也非常奇怪，自從前往黑堡，安藤井下就神秘消失了，甚至沒有參加黑堡的戰鬥。

張長弓道：「白雲飛那邊怎麼說？」

羅獵簡單將剛才和白雲飛見面的結果說了。

張長弓道：「如此說來，那個年輕督軍果然要來。」

羅獵道：「殺父之仇不共戴天，他既然將我們當成了仇人，自然會想盡辦法復仇，利用其他人都沒成功，所以只能自己來了。」

張長弓道：「既然如此咱們還是儘早離開為妙，何必留在這裡等他尋仇？」

羅獵道：「這件事早晚都要解決，如果我們現在返回滿洲，他一定會再想其他的辦法，反倒是留在黃浦更為穩妥一些。」

張長弓道：「白雲飛會站在哪一邊？」

羅獵道：「如果我沒猜錯，他一定會選擇任天駿，說不定他已經和任天駿見面了。」

白雲飛坐在浦江酒店豪華套房的客廳內，他很少受到別人的這種慢怠，從他進門到現在已經過去了半個小時，剛才副官說督軍在洗澡，半個小時過去了，仍然沒見他出來會客的跡象。

白雲飛想到了四個字，年少輕狂，任天駿的背後畢竟有贛北的幾萬軍士，年輕人還是有些底氣的。

白雲飛示意副官給自己換上一杯熱茶，還沒有開始品嘗新茶的時候，任天駿終於出現了。

任天駿剛剛洗過澡，沒穿軍服，而是穿著雪白色的浴袍，腳下趿著一雙拖鞋，這樣的一身打扮在酒店房間很常見，可是用來接待客人就顯得不夠尊重，尤其是面對白雲飛的時候。

白雲飛雖然只是一個江湖人物，可在黃浦的法租界如今是首屈一指的實力人物。你任天駿再能耐也不過是贛北督軍，手下將士雖多，卻不可能把隊伍都拉到黃浦來。

白雲飛認為自己的主動登門已經算是給足了他面子，卻沒料到登門之後卻沒有受到應有的禮遇，不過白雲飛的涵養很好，城府夠深，縱然如此還是喜怒不形於色，唇角掛著一絲謙和的笑容。

任天駿黑色的頭髮還帶著濕潤的水汽，在沙發上坐下，向白雲飛歉然笑道：「穆先生久等了，我剛剛睡醒，所以洗了個澡。」

白雲飛道：「督軍客氣了，其實我也沒來多久。」

任天駿道：「抽煙嗎？」

白雲飛本想點頭，可是想起自己此次前來的目的，於是又搖了搖頭道：「最近咳得厲害，暫時戒上幾天。」

任天駿道：「如此說來，我也不抽了。」他擺了擺手，示意副官將打開的雪茄盒收了回去，端起自己面前的那杯茶喝了一口道：「我約穆先生前來是有幾件事想要求助。」

白雲飛笑道：「求助不敢當，督軍遇到什麼麻煩只管說，在下必全力以赴。」

任天駿開門見山道：「我來黃浦是想算一筆舊賬，可聽說欠我賬的人都是穆先生的朋友，想動他們必須先得到穆先生的同意，不知有沒有這回事？」

白雲飛道：「我不知督軍所說的舊賬是什麼？又是什麼人欠您的賬？」

任天駿道：「一年多前，我爹在黃浦藍磨坊遇刺，此事穆先生可曾聽說？」

白雲飛點了點頭道：「有這回事。」

任天駿道：「身為人子，為父報仇，應不應該？」

白雲飛道：「殺父之仇不共戴天，自然應該。」

任天駿道：「白先生既如此說，可這段時間的做法卻又為何與說辭相背？」

白雲飛道：「督軍誤會了，從頭到尾我都沒有插手過這件事。」

任天駿道：「你不插手最好不過。」

白雲飛道：「戰場上死傷最平凡不過，可這裡是黃浦。」

「黃浦又如何？」

白雲飛道：「黃浦不能怎樣，可在租界動手必須要經過領事的同意，當然如果督軍不怕麻煩的話，只當我沒有說過。」

任天駿道：「你在威脅我？」

白雲飛暗歎此子氣焰囂張，早知道他這個樣子，自己這一趟就不該來，可既然來了，有些話必須還是要說明白的，白雲飛道：「並非威脅，租界和其他地方不同，雖然是咱們中華的地盤，可是卻輪不到咱們當家作主，在這裡做任何事，都要遵守這裡的規則。」

任天駿道：「開個價！」

白雲飛道：「督軍越說我越糊塗了。」

任天駿道：「我要羅獵、陸威霖、葉青虹、安翟四人的項上人頭，如果你幫我做成這件事，我付你十萬大洋。」

白雲飛心中暗歎，果真是見面不如聞名，都說這督軍年少有為，可從剛才他咄咄逼人的架勢來看，此子的胸襟並不寬廣，難怪他對付羅獵的計策會三番兩次地落空。

白雲飛道：「錢於我而言並不重要。」

任天駿道：「在白先生看來，什麼才是最重要的？」

白雲飛微微一怔，這是除了羅獵之外第二個人稱呼自己為白先生，任天駿既然這樣稱呼自己，就證明他在自己到來之前已經做足了功夫，甚至將自己的過去調查得清清楚楚。

白雲飛沉默了下去，並非因為任天駿道破自己的本來身分，而是他在認真地思考這個問題，對他而言什麼才是最重要的？當年他因為家貧而被送入戲班，受盡非人之苦，為了有朝一日能夠技驚四座出人頭地，然造化弄人，就在他剛剛嘗到走紅滋味的時候，他的嗓子卻倒了，那段時光他最想的就是能夠恢復嗓音重登舞台。

後來恢復無望，他方才加入了安清幫，並以出眾的頭腦和過人的膽色很快獲得了老幫主的賞識，那時候他最想要的就是成為安清幫的幫主，跌打滾爬多年之後，終於如願以償地登上了幫主之位，卻又因為自身的抉擇而在一夜之間一無所有，成為喪家之犬惶惶不可終日。那時候他最想就是東山再起，有朝一日將失去的東西全都拿回來。

而現在他又實現了這個願望，任天駿的一句話讓白雲飛不由得回顧自己的過往，其實他一直以來都是為了出人頭地，他要財富，要地位，最終的目的還是要博得他人的尊重。

白雲飛清楚自己是不會滿足的，他的野心太大，甚至連自己都控制不住，抽出一支香煙，沒有徵求任天駿的意見，點燃之後吸了一口煙，而後用極其輕慢的語氣道：「我想要的，你給不了我。」

任天駿哈哈大笑道：「我雖然給不了你想要的，不過我卻有能力將你現在擁有的一切拿走。」

白雲飛的記憶中很少有人在自己的面前如此猖狂，就算有也已經死了，他靜靜望著眼前的年輕人，目光中沒有殺機，甚至沒有憤怒，有的只是冷漠，往往他這樣看一個人的時候就等於已經宣佈了這個人的死刑，任天駿太囂張了，他忘記了一件最基本的事實，這裡並非贛北，而是黃浦。

任天駿道：「白先生好像有些不開心？」

白雲飛道：「很不開心。」

任天駿道：「現在你應該明白我此前的感受了。」他也很不開心，本來已經準備將殺父仇人一網打盡，可是白雲飛卻仰仗著自己在法租界的勢力橫加阻撓，任天駿此前就已經派人給白雲飛談判，先禮後兵，可白雲飛並沒有給他這個面子。現在輪到白雲飛主動登門，自己又有什麼理由給他好臉色。

白雲飛有些後悔了，他不該主動登門，任天駿比他預想中更狂傲，更加不通情理，和這樣的一個人沒有談判的價值。

白雲飛道：「我今天過來本想送給督軍一份禮物。」

任天駿道：「什麼禮物？」

白雲飛道：「可現在我改主意了。」

任天駿道：「那可真是遺憾，送客！」

其實就算他不說送客，白雲飛也準備走了，任天駿的逐客令等於是對白雲飛的雙倍侮辱，白雲飛緩緩站起身來，禮貌地向任天駿點了點頭道：「告辭！」走了兩步，又回過頭來：「今天咱們說的話最好不要讓外人知道。」

任天駿焉能聽不出白雲飛話中的威脅味道，他微微昂起頭，略帶驕傲地說道：「怎樣？」

白雲飛笑了笑，再不說話，轉身出門。

回到自己的汽車內，老安殷切道：「侯爺，今天面談的結果如何？」

白雲飛沒有回答他的問題，只是透過車窗望著外面，一場冬雨悄然來臨，白雲飛意味深長道：「世道變了啊。」

葉青虹返回黃浦之後並沒有閑著，她的博物館正在裝修之中，許多事情都要她親力親為，還有一件更重要的事情她必須出面解決。

北滿少帥張凌峰還是第一次受邀來到葉青虹的這座私家府邸，望著眼前的景致讚歎葉青虹的品味之餘也暗自感歎她的財力，對葉青虹這位老朋友張凌峰是打心底欣賞的，他向來不吝惜對葉青虹的讚美和傾慕，然而在葉青虹那裡卻從未獲得一絲一毫關於感情方面的回饋。

突如其來的這場冬雨讓兩人選擇去水榭中暫避，葉青虹親手磨了咖啡送到張凌峰的面前，張凌峰望著葉青虹羊脂玉般細膩白嫩的纖手不由得心中悸動，抬頭望著眉目如畫的葉青虹，張凌峰感歎道：「得妻如此，夫復何求。」

葉青虹格格笑了起來，在張凌峰的對面坐下，端起自己的咖啡抿了一口道：「別忘了你可是有老婆的。」

張凌峰道：「父母之命媒妁之言，真正美滿的婚姻應當以愛情為基礎的。」

葉青虹道：「姨太太都有三房了，難道還沒有找到愛情？」

張凌峰的目光突然變得灼熱起來，他盯住葉青虹道：「找到了。」

葉青虹並沒有因他的目光而覺得不自然，搖了搖頭道：「**這個世界上沒有一廂情願的愛情。**」

張凌峰鍥而不捨道：「我可以等。」

葉青虹道：「咱們還是說點正事兒，我今天找你過來是想請你幫個忙。」

「赴湯蹈火，在所不辭！」

葉青虹道：「沒那麼嚴重，任天駿你認不認識？」

張凌峰點了點頭，他當然認得。

葉青虹道：「我和任天駿有些樑子，所以想你幫忙出面。」

張凌峰雖然玩世不恭，可在大事上並不糊塗，關於任天駿和葉青虹他們之間的恩怨他也早已聽說，現在葉青虹拋給自己的可不是一個小問題。張凌峰道：「我可以向他要個人情，你的安全自然不用操心。」

葉青虹道：「不僅僅是我，有幾個人他都不可以動。」

張凌峰道：「說來說去你還是讓我出面保住羅獵。」

葉青虹笑道：「當然要保他，在我心中，他比我的性命更加重要。」

張凌峰苦笑道：「找我幫忙，卻不停往我傷口上插刀，你可真夠殘忍的。」

葉青虹道：「要不咱們怎麼會成為好朋友？」

張凌峰心中暗暗叫苦，看來自己追求葉青虹是徹底無望了，在她心中果然只是將自己當成好朋友罷了，不知這羅獵有何優秀之處，居然能讓葉青虹對他如此衷情？

自從返回黃浦之後，羅獵大多數時間都留在小教堂內，塗塗畫畫。張長弓負責維修教堂，兩人各司其職，互不干擾，張長弓知道羅獵一定在思考某件重要的事情，他們多次出生入死之後，彼此間的瞭解也在不斷加深。

張長弓坐在梯子上維修教堂頂部彩色玻璃窗的時候，聽到一連串高跟鞋敲擊地面的篤篤聲，因為忙於手頭的工作，並沒有來得及低頭去看。

下方傳來熟悉清脆的聲音：「張長弓！」

張長弓低頭望去，來的人居然是唐寶兒，看到她不由得感覺有些頭痛，張長弓道：「唐小姐好！」

唐寶兒怒道：「好什麼好？很不好！你當初答應了我什麼？可後來呢？竟然把我給甩了！」

張長弓正忙著更換玻璃，擔心有東西掉下去砸到她，慌忙道：「唐小姐，您站遠一些，免得掉東西砸到您，我換完這塊玻璃就下去。」

唐寶兒道：「你下什麼下？出爾反爾，不講信用，看著忠厚老實，其實是個老奸巨猾的傢伙。」

張長弓唯有苦笑。看到唐寶兒不依不饒，只能裝出什麼都沒聽到，仍然繼續自己手頭的工作，這會兒他是更加不敢下去了，與其下去被她指著鼻子罵還不如在上面保持距離。

唐寶兒沒能將張長弓叫下來，卻把羅獵給驚動了。

羅獵微笑走了出來，他出來是為張長弓解圍的，羅獵道：「我當是誰這麼大火氣，原來是唐大小姐，這是怎麼了？火氣這麼大？究竟是誰招惹您了？」

唐寶兒沒能將張長弓給罵下來，滿肚子火都衝向了羅獵，指著羅獵的鼻子道：「還不是你，我就知道你是所有人中最狡猾的那個，說！張長弓是不是受了你的唆使才把我給丟下的？」

羅獵笑瞇瞇道：「唐小姐果然冰雪聰明，千錯萬錯都是我的錯。」他抬起手腕看了看道：「喲，該吃午飯了，不如我請您吃飯，以表歉意。」

門外傳來葉青虹的聲音：「趕得早不如趕得巧，怎麼我一來，就有人要請吃飯了？」

唐寶兒的火氣來得快也去得快，看到葉青虹都來了，自然不好意思再當眾發火。

幾人來到小教堂附近的酒樓，羅獵將菜單遞給了唐寶兒，誠心誠意地請她點餐，唐寶兒挑揀著最貴的幾樣菜點了，又叫了瓶好酒。張長弓倒也識趣，主動給唐寶兒端了兩杯酒表達歉意，唐寶兒接了敬酒之後，一口氣兒也順了下來。

葉青虹從返回黃浦還未見過羅獵，看了他一眼，不無嗔怪道：「我不來找你，只怕你都想不起來去見我。」

羅獵笑道：「想倒是真想，可害怕去了給你增添麻煩，於是就打消了去你那裡的念頭。」

唐寶兒忍不住看了看羅獵，此人的口才實在厲害，平時雖然話不算多，可每說一句話都能夠切中要害，看來自己的這位好姐妹葉青虹是很難將他放下了，想想自己，怎麼就沒有遇到過一位如此優秀的男子？

「唐小姐，我敬您！」張長弓又端起了酒杯。

唐寶兒跟他碰了碰酒杯，乾了這杯酒心中暗歎，這張長弓倒也不失為一個頂天立地的男子漢，充滿了英雄氣概，不過此人出身草莽，跟自己地位懸殊，也是沒有可能的，她也不知因何會聯想到這一層，唐寶兒的臉紅了起來，還好她正在喝酒，無人知道她是因何而紅。

葉青虹道：「麻煩？你且放心，任天駿在黃浦應該不敢生事。」

羅獵聽她這樣說已經猜到葉青虹這幾日一定通過方方面面的關係解決這件事，任天駿再強，勢力也僅限於贛北，在黃浦，尤其是在租界的範圍內他還不敢輕舉妄動。

羅獵道：「聽說他來到了黃浦。」

葉青虹點了點頭道：「有些事終究要解決，這樣拖延下去不是辦法。」

羅獵眉峰微動，他已經聽出了葉青虹的意思，她應當是要儘快解決任天駿的問題，想要解決這件事，最簡單最徹底的辦法就是斬草除根。

葉青虹想表達的就是這個意思，當著唐寶兒的面，並沒有將事情說得太明。

任天駿雖然坐擁贛北數萬兵馬，可是他的兵馬無法帶到黃浦，想要將他的勢力一網打盡很難，可要單獨將任天駿除掉難度並不算大。

葉青虹看到羅獵點了點頭，等於認同了自己的提議，唇角露出一抹笑意。

羅獵很少會採用暗殺之類的手段去奪取一個人的性命，可是這次不同，任天駿步步緊逼，已經威脅到自己和朋友們的生命安全，如果在這件事上有絲毫的猶豫，很可能會蒙受巨大的損失。

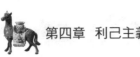

幾人起身離開的時候，卻聽說有人已經先行將帳接過了，掌櫃的也說不清楚結帳人的身分，只說是個男子。

葉青虹和唐寶兒一起先行離開，兩人相約去逛街，對付任天駿的事情還需探討，畢竟現在他們對任天駿的狀況所知不多，知己知彼百戰不殆。

第五章

宴無好宴

任天駿收到白雲飛的邀請，他的第一反應是拒絕，
此前白雲飛登門向他示好，任天駿沒有給他好臉色，
本以為白雲飛自此以後不會再跟自己主動聯絡，
卻想不到他居然還會請自己參加舞會，
此人腦子裡究竟打的是什麼算盤？

羅獵和張長弓回到教堂，發現教堂前停著一輛黑色轎車，車門推開，一名年輕的軍官走下車來，一旁士兵想要為他打傘，他抬手示意不用，雙目盯住羅獵。

羅獵內心中的第一反應就想起了一個名字，雖然他還未見過任天駿，卻判斷出這名年輕軍官就是。

張長弓也意識到來者不善，正準備搶先向前，羅獵卻搖了搖頭，示意不用。

羅獵來到任天駿的面前停步，平靜道：「任督軍？」

任天駿點了點頭，英俊的臉上不見半點笑容。

羅獵做了個邀請的手勢：「裡面坐！」

任天駿言簡意賅地回應道：「好！」他示意手下在教堂外稍等，羅獵打開了教堂的大門，自己先走了進去，任天駿隨後走入教堂。

張長弓並未進去，在門外守著那輛車，以防任天駿的手下有所異動。

任天駿四周環顧，觀察著這間小教堂，而後來到祈福的燭台旁，劃亮火柴點燃一支蠟燭，而後向一旁的善款箱內投入一枚銀元，低聲道：「你知道我在為誰祈禱嗎？」

羅獵道：「我對督軍並不瞭解，所以也不方便妄自猜度您的意思。」

任天駿道：「你既然知道我是誰，就應該知道我前來的目的。」

羅獵道：「督軍應當來錯了地方。」

任天駿道：「我是為了找人，只要找對人，我管他在什麼地方？」他年輕氣盛鋒芒畢露。

羅獵道：「你想怎樣？」

任天駿盯住羅獵的雙目道：「張凌峰的面子我不得不給，可你們不可能永遠都不離開黃浦。」

羅獵微笑道：「腳長在我自己的身上，想去什麼地方是我的自由。」

任天駿道：「有些事卻由不得你，白雲飛罩不住你，張凌峰也是一樣。」他向羅獵又走近了一步，壓低聲音道：「當年害死我爹的人，一個都逃不掉。」

羅獵道：「有沒有想過自己可能找錯了人？」

任天駿道：「不怕錯，就怕錯過！」

面對任天駿的咄咄逼人，羅獵並沒有放在心上，任天駿的這番話看似強硬，不過卻暴露出了他的缺點，任天駿對張凌峰是忌憚的，否則就不會在意別人說什麼，現在就展開瘋狂的報復。

至少有一點能夠確定，在黃浦任天駿仍然不敢有太大的動作，這也驗證了葉青虹剛才所說的話，不過羅獵有些納悶的是，剛才的那筆帳是誰替他結的，總不會是任天駿？

任天駿走了，望著那輛消失於雨中街角的黑色汽車，張長弓低聲道：「要不要我去解決這件事？」以張長弓的實力，追上去並幹掉任天駿應該不是難事。

羅獵搖了搖頭，就算幹掉任天駿也不是現在，既然短期內矛盾不會激化，他也不必去主動挑起。

重新回到教堂的時候，卻發現教堂內多了一個人，因為剛才他們的注意力都集中在任天駿的身上，所以並未留意此人是何時進入小教堂的。

前來小教堂的信徒雖然不多，可畢竟還有，羅獵示意張長弓先去忙他自己的事情，望著那背影突然感到有些熟悉，對方雖然穿著一身標準的男子西裝，可羅獵仍然從背影判斷出這是一個女人。

她似乎已經察覺到了羅獵的目光，輕聲道：「你相信一個人可以用自己受難而幫助世人解脫嗎？」

她是蘭喜妹，羅獵推斷出剛才替他結帳的那個人應當就是她。

羅獵在蘭喜妹的身邊坐下，抬起雙眼望著教堂前方的耶穌受難像：「你錯了，**受難不是幫助世人解脫，而是要讓世人醒悟**。」

蘭喜妹道：「若是遇到我這種執迷不悔的人呢？他是不是也能夠幫助我？」

羅獵道：「通常最瞭解自己的人就是自己，所以自己的問題還是要自己去解決。」

蘭喜妹一雙美眸充滿幽怨地望著羅獵：「你算個狗屁牧師？連幫人解惑的心思都沒有？」

羅獵道：「對你，我是有心無力。」

蘭喜妹道：「若真是如此，我也就心滿意足了，只怕連心都沒有。」她伸出春蔥般的指尖狠狠戳在羅獵的心口：「你這顆心裡只怕裝得滿滿的全都是葉青虹，我恨不能扒開來看看。」

羅獵對此女也是頗為頭疼，笑道：「謝謝！」

蘭喜妹微微一怔，旋即就明白他是在感謝剛才幫忙結帳的事情，可突然間羅獵提起這件事，真正的用意還是想岔開話題，不想自己在這件事上繼續糾纏下去，蘭喜妹道：「你我之間還說什麼謝？」眼波瞬間變得嫵媚至極，一雙美眸幾乎就要滴出水來。

羅獵居然生出一些怯意，不敢直視她的目光，剛剛扭過臉去，卻被蘭喜妹抓住下巴，強行逼迫他轉過臉來，蘭喜妹道：「怎麼？我長得那麼難看？你連看都不願看我？」

羅獵笑了笑，掙脫開她的魔爪，向一旁挪了挪，拉開彼此間一些距離。

蘭喜妹不依不饒地又挪近了一些，嬌軀完全靠在了羅獵的身上，嬌滴滴道：「你是不是心虛，覺得虧欠我？」

羅獵道：「好像從未這樣想過。」鼻息間聞到蘭喜妹誘人的體香，也不禁有些亂了心跳的節奏，此女的魅惑手段的確非同一般，可羅獵又清楚，歸根結底還是他自身的原因，如果他對蘭喜妹毫無感覺，也不會發生這樣的狀況。

羅獵道：「你若是繼續這個樣子，咱們連朋友都做不成了。」

蘭喜妹嬌笑道：「誰要跟你做朋友？我要做你的女人，要做你忘不了，放不下，打不得，丟不掉的情人。」一雙手臂常春藤一樣繞住了羅獵的脖子，羅獵這下真是有些吃不消了，推她不是，不推開也不是，尤其是在小教堂裡，在耶穌的注視下，自己這個假牧師實在是有點尷尬。

羅獵道：「放手，不然我就不客氣了。」

蘭喜妹俏臉一紅，啐道：「你跟我還客氣什麼？你想怎麼做……」聲音突然變得低柔婉轉，更流露出無盡誘惑：「人家都不會拒絕……」美眸微閉，櫻唇輕啟，一副人均採摘的可愛模樣。羅獵暗暗吸了一口氣，腦海中回復了一片清明，雙目也變得越來越清朗。

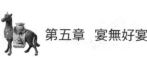

蘭喜妹從他突然變得理性的目光中意識到自己的魅惑又沒起到作用，呸了一聲，鬆開了羅獵，坐正身姿，整了整西裝道：「你倒好，拍拍屁股走了一乾二淨，難為我在甘邊苦苦找了你兩個多月。」

羅獵留意到蘭喜妹比起上次分手之時瘦了也黑了一些，無論她對別人怎樣，對自己總是一往情深，想起蘭喜妹過往對自己的付出，內心中難免有些感動，低聲道：「我自然沒事，你不用擔心。」

蘭喜妹道：「有時候想想，真巴不得你死了才好，你若是死了，我也就沒有了牽掛，可我又想，如果你真的死了，我怎麼辦？咱們未來的孩子怎麼辦？」

羅獵瞪大了雙眼，吃驚地張開了嘴巴，幾乎能夠吞下一個完整的鴨蛋，他愕然道：「蘭喜妹，你可不能訛我？」

蘭喜妹看到他的表情不禁格格笑了起來：「瞧你那熊樣，我跟你都未結婚，怎麼可能有孩子，人家是說，你若是死了，我一個人怎麼生孩子。」

羅獵已經驚出了一身的冷汗，這妮子當得起妖女之名，本想狠狠頂回去一句，誰要跟你生孩子，可話到唇邊又覺得不忍，說出來害怕傷及到她的自尊。

蘭喜妹道：「由來只有新人笑，有誰見得舊人哭？想不到你羅獵也是個喜新厭舊的傢伙。」

羅獵明白如果繼續在這個話題上糾纏下去只能是沒完沒了，而且自己絕對無法占到上風，淡然一笑道：「吃人家的嘴軟，我說不過你，你還有什麼抱怨還有什麼不滿只管說出來，我保證不還嘴。」

蘭喜妹道：「只是我一個人說那多沒意思，不如你說說，這段時間到底去了什麼地方？又發生了什麼事情？」

羅獵道：「出海了一趟，混混日子，散散心，平平淡淡，無風無浪。」

蘭喜妹道：「好一個無風無浪。」她從口袋中取出一個信封遞給了羅獵。

羅獵接過信封，信封並未封口，裡面放著幾張照片，照片上拍攝的大都是黑堡的遠景近景。其中有幾張是黑堡正在沉沒，以及完全沉沒之後的照片。羅獵看完之後已經明白，當時他們在黑堡戰鬥之時已經被人從空中監視，只不過當時他們並未留意空中的情形。

羅獵道：「原來你一直都在跟蹤我？」

蘭喜妹道：「我可沒有這麼大的閒情逸致，這些照片是從軍方內部得到，一直以來藤野家族和軍方都存在秘密聯繫，不過因為藤野家族所從事的事情，包括黑堡在內的許多事情軍方始終沒有對外公開，甚至沒有向內閣稟報。」

羅獵道：「也就是說藤野家族的行為並未得到官方的承認。」

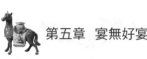

蘭喜妹道：「如果得到官方的全面支援，你們的行為等於是入侵和挑釁，很可能會為這個國家帶來一場戰爭。」

羅獵的表情極為不屑，就算是日方知道了藤野家族的所為，這種事情也是無法公開於光天化日之下的，一旦公開了藤野家族的秘密，他們就會成為整個人類的公敵。

蘭喜妹道：「藤野家族之所以能夠在海中建立如此規模的秘密基地和他們背後的政治勢力有關，雖然黑堡的事情因為某種原因無法公開，可並不意味著他們會善罷甘休。」

羅獵道：「我還想找他們算帳呢。」

蘭喜妹甜甜一笑道：「人家就喜歡你無所畏懼的樣子。」

羅獵道：「你來找我就是為了這件事？」

蘭喜妹道：「我來找你自然沒有那麼簡單。」她又拿出了一張照片。

羅獵接過照片，不由得一怔，照片上是一位明眸善睞的少女，這少女卻是麻雀，從照片上的背景來看是一片冰雪覆蓋的世界，因為缺乏具體的地理特徵，所以無法判斷她所在的位置，照片上的日期就在半個月之前，如果日期屬實，那麼這張照片應當新拍不久。在北平圓明園事件之後，麻雀就前往歐洲留學，促使麻雀離開的原因還是蘭喜妹配合羅獵表演的那齣戲。

蘭喜妹道：「這張照片新近拍於蒼白山。」

羅獵抿了抿唇，如果蘭喜妹沒有騙自己，麻雀應當已回到國內，看來這妮子並未老老實實在歐洲留學，只是她為何突然回國？為何選擇重新回到蒼白山？

蘭喜妹道：「你現在心中是不是迫不及待想要見到她？」

羅獵搖了搖頭道：「如果我那麼想，當初就不會找你幫忙。」

蘭喜妹呸了一聲，俏臉已紅了起來，顯然是想起當初她主動親吻羅獵的事。

羅獵道：「你拿出這樣一張照片是想告訴我什麼？」

蘭喜妹道：「福山宇治雖然死了，可是留給了麻雀一些東西，她此次從歐洲回國應當是為了這件事。」

羅獵皺了皺眉頭道：「她一個人？」在他看來，麻雀畢竟涉世不深，處理方方面面的事情稍顯稚嫩。

蘭喜妹道：「她的背後有人支持，一個叫羅伯特・肖恩的年輕侯爵。」停頓了一下，滿懷深意地望著羅獵道：「這位侯爵英俊多金哦！」

「那又如何？」

蘭喜妹道：「你不吃醋？」

羅獵哈哈笑了起來。

蘭喜妹道：「笑得真是虛偽。」

羅獵將所有的照片一股腦全都還給了她，然後道：「照片我已經全部看完了，現在你能說說找我的目的究竟是什麼？」

蘭喜妹撅起櫻唇道：「人家想你嘛。」

羅獵道：「說重點！」

蘭喜妹道：「我想你陪我走一趟。」

「去什麼地方？」

蘭喜妹道：「蒼白山。」

羅獵道：「暫時我還沒有這個安排，也沒有這個時間。」

蘭喜妹並沒有因為他的拒絕而生氣，輕笑道：「看來葉青虹魅力不小，居然能夠將你這個浪子安定下來。」她向羅獵又靠近了一些，將螓首枕在羅獵的肩頭：「你不可能拒絕我，我會等你。」

說完，她起身離去，目光落在入口處的葉青虹臉上，充滿挑釁地望著她，和葉青虹擦肩而過的時候，招呼道：「別來無恙？」

葉青虹報以淡淡的一笑：「多謝掛懷。」

羅獵其實早已感知到葉青虹的到來，葉青虹是個聰明的女人，她應該能夠明白，所以羅獵沒有解釋，他也無需解釋。

葉青虹來到剛才蘭喜妹所在的地方坐下：「我回來是因為想起了一件事。」

羅獵道：「什麼事？」

葉青虹道：「白雲飛讓人給我送了封請柬，邀請我參加明晚的舞會。」

羅獵道：「什麼時候的事情？」

葉青虹本以為羅獵也已經收到了請柬，可從羅獵的反應來看，他應該對此事一無所知，有些詫異地看了他一眼方才道：「剛才的事情。」

羅獵想起剛才葉青虹和唐寶兒先行離開，是不是白雲飛派人跟蹤了她們？就在此時突然聽到外面的門鈴聲。

羅獵起身出門，沒多久就回來，向葉青虹揚了揚手中和她一模一樣的請柬道：「我的也到了。」

葉青虹道：「我回來黃浦已經有一段時間，他還從未主動跟我見過面，更不用說什麼邀請。」因為穆三壽的事情，白雲飛儘量避免和葉青虹正面相逢，這也是為了避免不必要的麻煩，所以葉青虹對他的這次主動相邀也感到好奇。

羅獵道：「白雲飛這個人心機深沉，做每件事都有他的動機。」

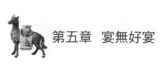

葉青虹道：「不知他請我們的目的是什麼？」

羅獵想了想，也想不透白雲飛的目的，沉吟了片刻道：「不知道他還邀請了什麼客人？」

葉青虹道：「這件事只有他的身邊人才清楚。」

羅獵和葉青虹同時抬起頭來，他們幾乎在同時想起了一個人——老安。

「請柬都送到了？」白雲飛托著鳥籠，望著籠中的畫眉，畫眉叫得清脆悅耳，在白雲飛聽來是一種極大的享受。

老安點了點頭道：「已經送過去了。」

白雲飛道：「羅獵和葉青虹那邊是不是你親自去送的？」

老安畢恭畢敬答道：「因為侯爺沒有專門交代，所以讓別人去的。」

白雲飛看了老安一眼，心中其實已經明白，老安正是為了避嫌所以才會選擇這樣做，自從老安這次回來之後，白雲飛對他就產生了懷疑，並不是懷疑老安對自己的忠誠，而是他懷疑老安和羅獵因為上次出海而建立起了不為他所知的友情，人一旦有了感情在處理某些事上就無法避免受到影響。

從老安在這件事的處理上，也能夠看出他必然對此有所覺察，所以才會主動避嫌。白雲飛發現自己終究還是沒有做到深藏不露，同時也證明老安對自己非常的瞭解，可老安越是如此，越是讓白雲飛感到有些欲蓋彌彰之嫌。

白雲飛笑了笑：「把旱煙幫我拿來。」

老安點了點頭，恭恭敬敬將穆三爺留下的旱煙取來，幫著裝好煙草，然後又畢恭畢敬地給白雲飛點上，白雲飛的目光始終注視著煙斗，極其平靜，平靜中又流露出漠然，直到他抽第一口煙的時候，停滯的目光方才重新活動起來。

老安則接過鳥籠掛在長廊的屋簷下，此時他聽到白雲飛輕輕的一句話：「老安，我想你幫我殺一個人。」

老安愣了一下，原本舉起的鳥籠微微停滯了一下，雖然只是片刻，卻仍然沒有逃過白雲飛犀利的眼神。在白雲飛的理解，老安的第一反應是猶豫，這在過去是絕不會發生的事情，老安的性命是自己給的，無論自己讓他做任何事，他都不會猶豫，更不應該猶豫。

白雲飛認為老安有了牽掛，一個人一旦有了牽掛，也就是有了私心，一個有私心的人是不值得信任的。白雲飛向來是個自負的人，他推斷出老安應當是擔心自己派他去殺羅獵，可白雲飛的自負也會影響到他的判斷，他並不知道老安的猶豫和私心都和羅獵無關。

老安將鳥籠掛好，轉回身的時候，他的表情已經恢復到一貫的平靜和淡漠，風波不驚道：「遵命！」不問姓名，不管是誰，只要白雲飛開口，他都要無條件地去做，這是他欠白雲飛的，這輩子必須要還。

白雲飛道：「葉青虹！」

老安已經掩飾不住錯愕的目光，就算他想破腦袋也想不出白雲飛為何要殺葉青虹。白雲飛原本是打算和任天駿合作的，那次的會面具體過程老安雖然不清楚，可是他卻知道結果並不樂觀，任天駿應當觸怒了白雲飛。按理說白雲飛應當選擇對他下手才對，可為何要將目標鎖定為葉青虹？難道他想要利用葉青虹的死挑起羅獵和任天駿之間的仇恨？

宴無好宴，任天駿同樣收到了來自於白雲飛的邀請，對於這種邀請他的第一反應是拒絕，此前白雲飛主動登門向他示好，任天駿卻並沒有給他好臉色，本以為白雲飛自此以後不會再跟自己主動聯絡，卻想不到他居然還會請自己參加舞會，此人腦子裡究竟打的是什麼算盤？

任天駿考慮了一會兒方才做出了決定，他決定前去參加，形勢的變化出乎了他的意料，張凌峰為羅獵幾人出面，讓他在黃浦的復仇行動受阻，原來的復仇計晝不得不暫時放一放，他因此重新考慮白雲飛曾經釋放的善意。還有一個極為重要的原因，根據他的瞭解，法租界領事蒙佩羅也會攜家人一起參加這場舞會，而此人正是他來黃浦想面見的重要人物。

任天駿雖然在贛北擁有著相當的實力，可是在黃浦並沒有太深的根基，否則他也不會想到借助外力去報仇。父親的仇要報，可未來的路也要走，任天駿雖然年輕，可他懂得輕重緩急。

可這個世界上並不是所有人都像任天駿這般理智，趙虎臣就不是，趙虎臣對於金錢和權力的欲望極其強烈，所以他才會選擇與任天駿合作，先是在黃浦對付羅獵，因為張凌峰的阻撓而失敗，他表面與羅獵講和，可背後卻繞開黃浦選擇舟山下手，最終因羅獵的警覺而未能成功，任天駿對趙虎臣是失望的，但是仍然沒有追回訂金，因為在任天駿看來一個充滿欲求的趙虎臣要比心機深沉的白雲飛好合作得多。

趙虎臣也收到了請柬，作為在黃浦地下社會響噹噹的角色之一，白雲飛召集的這場聚會若是不跟他打招呼就等於不給他面子，趙虎臣恰恰是個愛面子的人。

向穆府大門走來的是開山幫幫主趙虎臣和黃浦最有名的交際花陸如蘭。

陸如蘭豔名遠播，張凌峰有所耳聞，今日方才正式見到，喜好嫵媚風情的張凌峰一見到陸如蘭整個人頓時將其他的事情拋到了一邊。

葉青虹拉了拉羅獵，兩人趁機走開，走遠之後，葉青虹禁不住笑道：「他也不是什麼壞人，就是見一個愛一個。」

羅獵道：「我總覺得風流只是表像，這位少帥也不簡單。」

葉青虹點了點頭道：「應當如此，否則他父親也不會對他如此重視，在滿洲張同武和徐北山兩大勢力之間征戰不停，這兩年張同武勝多敗少，據說也和張凌峰提出的軍事改革有關。」

葉青虹說到這裡停下，因為她看到今天的主人白雲飛前來迎賓，白雲飛穿著藏青色偏襟長袍，外罩黑色緞面羔羊皮坎肩，黑色圓口布鞋，唯一的裝飾就是一塊銀色的懷錶。

江湖中有白雲飛這種儒雅氣質的人很少，白雲飛走過來首先給葉青虹打了個招呼：「葉小姐大駕光臨，讓寒舍蓬蓽生輝。」

葉青虹淡然一笑道：「這裡可是法租界數一數二的豪宅。」

白雲飛知道她話中有話，微微一笑道：「葉小姐若是喜歡，明兒我就搬出去將這宅子送給您。」是送不是還。

葉青虹道：「你不怕我當真啊！」

白雲飛笑容不變：「君子一言快馬一鞭，羅老弟應當知道，我從不食言。」

葉青虹道：「別人的東西再好，我都不會要，我不是君子，可我也不會奪人所愛。」

白雲飛笑道：「葉小姐的境界真是讓我們這些做男人的汗顏了，自愧弗如，自愧弗如吶！」剛好法國領事來了，他藉口去迎接領事，讓老安幫忙招呼兩人。

老安和他們也算是老相識了，彼此交遞了一個眼神就算是打了個招呼，老安趁著無人注意，悄悄向羅獵道：「這麼大的雨，還以為您今晚不會來。」

雖然只是一句話，卻已經暗示得非常明確，雨並不大，老安並不希望羅獵前來，雖然他沒有確切的把握，卻認為今晚是一個局，這個局針對的人極有可能就是羅獵和葉青虹。

共同經歷過生死患難的人就算無法成為朋友，通常也不會是敵人，老安不希望羅獵中了白雲飛的圈套，雖然白雲飛對他有恩，可羅獵也不止一次救過自己。提醒的話不用太多，一句就好，老安相信羅獵的智慧和能力，就算自己看不透白雲飛的這場佈局，可羅獵應該能夠。

羅獵和葉青虹坐下之後叫了兩杯紅酒，端起紅酒，透過酒杯觀察眼前的大廳，會有一種血色滿屋的錯覺，葉青虹搖曳了一下酒杯，品嘗了一口紅酒道：「我忽然想起了咱們第一次見面的時候。」

兩人第一次見面是以一場刺殺開局的，贛北軍閥任忠昌於藍磨坊被槍殺，行刺的執行者是陸威霖，策劃者穆三壽、葉青虹。經歷者羅獵、瞎子。

羅獵微笑回憶著當時的情景，真正的佈局者應當是穆三壽，穆三壽雖然已經死去，可是這段仇恨並未消亡，冤冤相報何時了，道理誰都懂得，可是真正落在自己身上，少有人能夠看破放下。

羅獵道：「借刀殺人？」

葉青虹搖了搖頭，她並不認為白雲飛有這樣的膽子，更何況這場舞會是他主辦，又在他的府上，邀請的人都非泛泛之輩，任何人出了問題，都會追究到他的頭上，以白雲飛的精明不會不考慮這個問題。

明知對自己不利仍然堅持這樣做，其背後的原因應當就是在權衡利害之後的不可不為，葉青虹望著羅獵的雙目，期待從中看到答案。她雖然也認為這是一場借刀殺人的佈局，可是仍然想不透白雲飛要殺誰？難道只是為了除掉他們從而向任天駿有個交代？

羅獵的目光投向一旁，落在從正門而入的一人身上，那人正是任天駿，任天駿在白雲飛的陪同下走入大廳。

任天駿的影響僅限於贛北一帶，無論任忠昌的舊部如何忠誠於他，無論他怎樣的少年有為，可在黃浦眾多達官顯貴的眼中此人只不過是一個地方軍閥而已，甚至連軍閥都算不上，任天駿的影響力和張凌峰都無法相提並論，可白雲飛仍然待之如上賓，甚至捨棄了陪同法國領事蒙佩羅和少帥張凌峰的機會，陪在了他的身邊。

任天駿當然不會認為自己擁有這樣的地位和吸引力，白雲飛之所以選擇自己應當是他不方便打擾張凌峰和蒙佩羅之間的對話，也可將之理解為某種程度上的迴避。

白雲飛滿臉堆笑道：「多謝任將軍賞光。」

任天駿道：「想不到連法國領事都來了。」

白雲飛笑得越發厲害：「待會兒我為任將軍引薦。」

任天駿的目光隔空投向羅獵和葉青虹，雙目中迸射出兩道仇恨的光芒，不過稍縱即逝，從一旁侍者的托盤中端起一杯紅酒，抿了一口紅酒道：「你人脈那麼廣，法租界發生的任何事都應當瞞不過你的耳朵。」

白雲飛呵呵笑道：「我只關心和自己有關的消息。」

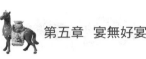

任天駿意味深長道：「好消息還是壞消息？」

白雲飛毫不遲疑道：「我更關心結果。」只要結果是好的，哪管過程呢？

任天駿道：「我忽然有些後悔了，古往今來，宴無好宴，我非關雲長，自不能單刀赴宴，可今兒若是一場鴻門宴，我身邊又沒有子房出謀劃策，也沒有樊噲護駕。」

白雲飛聞言內心一怔，難道任天駿已經察覺到了自己的動機？表面仍然風波不驚道：「任將軍儘管放心，只要在我的府上，我的每一位客人都不會有任何的麻煩。」

任天駿淡然道：「我可以理解為威脅嘍？」他正準備走向羅獵和葉青虹，卻發現兩人站了起來，因為法國領事蒙佩羅主動向他們走了過去。

白雲飛看到眼前情景也是一怔，蒙佩羅是新近才上任的領事，自己雖然花費了一番功夫和此人搭上了關係，目前來說已經走上了正途，可他並不清楚蒙佩羅和羅獵、葉青虹都認識，難道是張凌峰為他們自動引薦？

白雲飛很快就明白自己猜錯了，蒙佩羅和葉青虹原本就是故交。

葉青虹迎上前去笑道：「老師，您好！」原來蒙佩羅在從政之前就是一位法文教師，而且他還曾經做過葉青虹的私教，兩人之間是師生關係。

蒙佩羅哈哈大笑起來：「阿佳妮，我一直都以為你失蹤了，哦，感謝上帝，原來你在這裡。」

連羅獵也是剛剛知道葉青虹還有一個阿佳妮的法文名字。

葉青虹和蒙佩羅用法文敘舊，說了一會兒方才想起介紹身邊的羅獵，她向蒙佩羅介紹道：「老師，他叫羅獵，是我的……好朋友。」葉青虹猶豫了一下才用好朋友來稱呼羅獵。

蒙佩羅笑著向羅獵伸出手去：「好朋友？羅先生一表人才啊！」

羅獵和蒙佩羅握了握手，蒙佩羅又道：「什麼時候舉辦婚禮，別忘了給我發請柬。」

葉青虹俏臉紅了起來，旁觀的張凌峰心中難免感歎，葉青虹認定了羅獵，看來自己是沒機會了，看到幾人熱烈交談，自己反倒被晾在了一邊，轉身向一旁走去，推開南邊的玻璃門，看到一個身影站在長廊下獨自欣賞夜景，正是交際花陸如蘭。

原來趙虎臣忙著跟方方面面的人物打招呼，冷落了陸如蘭，所以她才來到外面透氣。

陸如蘭聽到動靜轉過身來，張凌峰出來之前又拿了一杯酒，將這杯酒遞給陸如蘭道：「陸小姐！」

陸如蘭打量著張凌峰，對這位少年得志風流倜儻的少帥她也是聞名已久，不過一直沒有打過交道，雙眸中流露出一絲媚色，俏臉上浮起職業性的笑容道：「少帥認得我？」

張凌峰微笑道：「自然認得，從小就認識。」

陸如蘭有些詫異地睜大了雙目，不可能，自己此前從未跟這位少帥見過面。

張凌峰道：「日出江花紅勝火，春來江水綠如藍。」黃浦人陸綠不分，所以他才會有此一說，不過這頭腦也是夠靈活。

陸如蘭禁不住笑道：「倒是有些歪理呢。」

張凌峰跟她碰了酒杯道：「今夜見到綠如藍，不知何時才能見到紅勝火。」

陸如蘭聽音之意，一張白玉無瑕的俏臉上湧起兩片紅霞，此人當真是大膽，第一次見面居然就敢如此調戲自己，難道他不清楚自己和趙虎臣的關係？強龍不壓地頭蛇，張凌峰再厲害畢竟還是在滿洲，這裡是黃浦。可想到張凌峰和趙虎臣之間曾經發生過矛盾，當時趙虎臣要對付羅獵，還是張凌峰出面為羅獵解圍，最後搞得趙虎臣灰頭土臉，鎩羽而歸。

陸如蘭正準備說話，剛巧看到趙虎臣出來尋找自己，趕緊撇開張凌峰向趙虎臣走去，離開之時，卻聽張凌峰低聲道：「明日下午三點，我在浦江羅曼咖啡館等你。」

陸如蘭停頓了一下，而後扭動水蛇腰，妖嬈的身姿如同風中擺柳向前走去。

張凌峰望著陸如蘭的倩影，揚起手中的酒杯，一口將紅酒飲盡。

穆府燈火輝煌，在穆府對面的教堂塔樓之上，一個身穿黑色皮衣的身影正在準備，冷風將冰涼的夜雨吹送到她雪白的俏臉之上，她正是蘭喜妹，端起狙擊槍，從瞄準鏡中瞄準了穆府燈火通明的大廳。透過瞄準鏡她找到了羅獵，很快又從羅獵轉移到了葉青虹，蘭喜妹在觀察，她並沒有馬上射擊的意思，手指甚至沒有搭在扳機之上。

塔樓便於藏身，而且擁有最好的視角。這把槍卻並不屬於蘭喜妹，蘭喜妹觀察了一會兒，眼睛從瞄準鏡離開，掃過地面，在地面上躺著一具屍體，屍體的脖子被割開，地上流淌了大片的鮮血。

蘭喜妹抬起手腕看了看時間，根據她的推算，殺手應當在八點左右實施暗殺，為了準備這場舞會，白雲飛的安防搞得極其嚴密，然而終究還是疏忽了這最為致命的環節，在一個專業人士看來，這樣的疏漏本不該發生，除非有意略去這一環節。

蘭喜妹已經搜查過死者的身上，找到了一些證據，雖然目前還無法確定他的雇主是誰，可重重跡象表明，有一個人的疑點最大。

白雲飛將空杯放在托盤上，又換了一杯紅酒，遠處法國領事蒙佩羅和羅獵談得正熱切，此時並不方便過去打擾，白雲飛有意無意地抬頭看了看右側的窗，從他的角度無法看清外面的景象，他的目光只是在窗口稍稍停留，馬上就轉向其他的地方，這是為了避免引起他人的注意，晚上八點，當八點鐘聲響起的時候，所有人的注意力都會被鐘聲所吸引，而這時候就是刺殺的絕佳時機。

白雲飛從人群中找到了任天駿，任天駿拿著紅酒正和一位年輕的女郎聊天，畢竟是年輕人，正值青春的他們不願錯過對美好異性的追逐。

老安來到白雲飛的身邊，輕聲道：「侯爺，都準備好了。」

白雲飛點了點頭，老安並不知道他的全部計畫，自從老安這趟出海歸來，白雲飛就對他生出了疑心，核心的事務不能讓他介入，然而此人還有利用的價值。

任天駿此時和張凌峰聊了起來，兩人聊得很愉快，不時發出歡暢的大笑聲，白雲飛望著兩個少年得志的年輕人，心中暗歎，一個人的出身果然和成就有關，自己從一無所有打拚到了今天的地步，付出了多少的辛苦多少的血汗，又有幾人看得到，雖然現在有機會和他們共處一室，進入了所謂的上流社會，可這些人的心中誰又能真正看得起自己？

付出的努力越多，越害怕失去。任天駿大概不會想到，他無意中的一句話已經激起了自己的殺念，知道白雲飛真正身分的人不少，可白雲飛擔心洩露自己秘密的卻只有任天駿。

殺掉任天駿，嫁禍給羅獵和葉青虹，這是一箭雙雕的妙計，白雲飛相信自己一定會成功，他所需要的只是等待刺殺時刻的到來。

舞曲響起，蒙佩羅主動邀請葉青虹走下舞池。張凌峰笑瞇瞇來到羅獵的身邊，向他道：「我還以為今晚只是我缺少舞伴。」

羅獵也笑了起來：「少帥不是缺少舞伴，而是盯上了別人的舞伴。」順著張凌峰的目光他找到了陸如蘭，目光犀利的羅獵早已發現他們兩人之間不時偷偷目光交流。

張凌峰被羅獵點破，表情略顯尷尬，呵呵笑了一聲道：「只可惜青虹寧願和老師跳第一支舞。」

羅獵道：「少帥怎麼會喜歡黃浦這濕冷的天氣？」

張凌峰道：「十里洋場，花花世界，美女如雲，我真是有些捨不得走了。」

羅獵道：「再好也不如家好。」

張凌峰聽到家這個字眼不由得皺了皺眉頭，他抿了口紅酒道：「你最好留在黃浦，任天駿說了，只要你膽敢離開黃浦，他就不會客氣。」

羅獵道：「我的雙腳長在自己身上，想去什麼地方，誰都管不住。」

張凌峰自然聽得出他並不領情，心中頓時有些不爽，如果不是自己出面，任天駿早就全面出手。

羅獵向他微微一笑道：「還是要謝謝您的好意，也勞煩您轉告他，若是繼續一味相逼，只怕有人難以全身而退。」

張凌峰內心一怔，羅獵這句話充滿了威脅的含義，雖然並不是威脅自己，可張凌峰仍然從中察覺到了強烈的殺機。他和羅獵接觸不多，但是也知道羅獵絕非引頸待宰逆來順受之人，任天駿逼得太緊或許真的會引起羅獵的反擊，此地也非任天駿的勢力範圍，兩虎相爭必有一傷，任天駿也無法保證全身而退。

張凌峰道：「任天駿算是我的朋友，青虹是我的知己，我不希望雙方鬧到你死我活的地步。」

羅獵道：「保護你的朋友……」他的話被外面的鐘聲所打斷，就在此時羅獵突然感覺到一種強烈的危機，他幾乎沒做任何的遲疑就撲了上去，將張凌峰撲倒在地上，於此同時，聽到窗戶玻璃的破裂聲，一顆子彈射穿了羅獵的左肩，去勢不歇，繼續向前方飛去，正中趙虎臣的右臂，現場一片混亂。羅獵雖然受傷，可是仍然臨危不亂，大吼道：「趴下，趴下！切斷電源！」

葉青虹聽到羅獵的聲音方才稍稍放心下來，她在人群中尋找羅獵的身影，看到羅獵左肩上已經染滿血跡，僥倖躲過一劫的張凌峰臉上已經沒有了血色。

大廳內仍然燈火通明，尖叫聲哭喊聲不斷，現場亂成一團，幸運的是，第二槍並未及時到來。

張凌峰躲在大理石柱的後面，他雖然年輕可是也經歷過數十次戰鬥，明白剛才的一槍是衝著自己而來，自己才是刺殺的首要目標。

蘭喜妹從容地將彈殼退出，視野中已經找不到了張凌峰，她看到羅獵肩頭的鮮血，羅獵彷彿有心靈感應，抬頭向她的方向望來，蘭喜妹的內心抽動了一下，雖然她明明知道羅獵不可能看到自己，可仍然感到有些內疚，她絕沒有想傷害羅獵的意思，可羅獵偏偏在這種時候跑出來，為張凌峰擋了一槍。

逞英雄的代價，蘭喜妹心中默默念道，此時穆府大廳的燈光滅了，蘭喜妹放棄了繼續留下的打算，用不了太久時間，白雲飛的手下和巡捕就會蜂擁而至，她要在這群人到來之前安全撤離。

穆府大廳燈光再度亮起的時候，現場一片狼藉，除了受傷的羅獵和趙虎臣，竟然還有一人死於非命，死者是于衛國，說起來羅獵也認識，此人曾經是唐寶兒的男友，是黃浦富商于廣福之子，他今晚也是受邀前來舞會，因為晚到的緣故，羅獵並未和此人打照面，也不知道他的到來，可誰也想不到他竟會死在這裡。

于衛國死得蹊蹺，並不是被狙擊手槍殺，而是被人一刀割喉，甚至連聲息都沒有發出，就死在了穆府大廳內。種種跡象表明，于衛國應當是在穆府拉下電閘之後才被人所殺。

于衛國的死讓本該成為焦點人物的羅獵得以解脫，這一槍並未命中他的要害，子彈也沒有停留在他體內，而是射穿了他肩部的肌肉而後又射中了趙虎臣。

相比於羅獵的主動救人，趙虎臣的受傷更顯倒楣，子彈留在了他的體內，而且嵌入了他右側肱骨裡面，趙虎臣被緊急送往醫院。

羅獵傷勢較輕，不過在葉青虹的要求下他也一起前往醫院。

白雲飛已經無法掩飾他沮喪的心情，他的計畫完全破滅，非但如此，這場鬧劇將太多的不利指向了他。巡捕趕到塔樓之後，並沒有花費太大的功夫就找到了殺手的屍體，兇器就在現場，殺手的手中還有一把手槍，從現場看，他用這把手槍結束了自己的性命。

死無對證，白雲飛相信這名殺手已經說不出什麼，可是于衛國是個大麻煩，他最近因貨倉的事情正在和于廣福談判，于廣福在談判中表現得極其強硬，拒絕了白雲飛的幾次出價，白雲飛之所以邀請于衛國，卻是要從這個敗家子著手，他無論如何都沒有料到有人會趁著這次機會殺掉于衛國。

螳螂捕蟬黃雀在後，白雲飛意識到自己很可能被人算計了。

這個人不可能是羅獵，羅獵營救張凌峰，當時的形勢千鈞一髮，不可能是演出來的，而且羅獵並不清楚他生意上的事情，就算他們的理念有所不同，還不至於成為羅獵對付自己的理由。

白雲飛開始感到懊惱，他陷入了一張無形的大網，最讓他後悔的是，開始的佈局者竟然是自己。想要撇清干係，就必須要找到一個替罪羊，將所有的疑點都集中在他的身上，當白雲飛產生了這樣的想法之後，並沒有花費太大的功夫他就找到了一個合適的人選。

第六章

疑 點

于衛國的死更是一個意外，
有人趁亂下手，事情發展到現在像是一場預謀，
自己和于衛國的矛盾，現場的兇器，一切都指向自己。
到底是誰在陷害自己？
羅獵將疑點縮小，最終落在了兩個人的身上。

羅獵的傷勢並不重，在醫院檢查後進行了簡單包紮，由始至終葉青虹都陪在他身邊，張凌峰稍晚到達，羅獵救了他的性命，剛才舞會上如果不是羅獵出手相救，現在自己可能已成為一具冰冷的屍體。這個人情不小，張凌峰必須要記下。

葉青虹攙扶著羅獵離開診室，張凌峰從等待區的椅子上站起，他的身後四名侍衛寸步不離，剛才的那場刺殺已經讓張凌峰身邊的境界提升到了最高級別。

「怎樣？」張凌峰來到羅獵面前關切詢問道。

葉青虹搶先道：「醫生讓他在這裡觀察一夜，明天再走。」

羅獵笑道：「皮外傷，不妨事。」

張凌峰點了點頭：「謝謝！」

羅獵道：「不用客氣，其實那一槍就算我不推你，也未必能夠射中你的要害。」

張凌峰笑了起來，羅獵這個人真是不簡單，這句話分明是在給自己一個台階，也彰顯出他並不以自己恩人自居的想法。

葉青虹道：「還好大家都沒什麼事情，不過殺手好像是衝著你來的。」

張凌峰並不否認，點了點頭道：「我會找人徹查這件事，用不了太久的時間一定會水落石出。」

羅獵道：「趕緊回去吧，路上多加小心。」

張凌峰因他的話心中生出莫名的溫暖，點了點頭，如果不是他堅持來醫院見羅獵，他的部下都是反對的，這個晚上實在不太平，張凌峰已經能夠想到用不了太久，自己被暗殺的消息就會傳到老爺子那裡，向來愛子如命的老爹必然會下命令讓自己回去，老爹一旦下定決心，自己是無法改變的。

張凌峰來到停車場的時候，看到花園內有個熟悉的身影在那裡抽煙，張凌峰向周圍看了看，然後走了過去，他沒有看錯，那人正是陸如蘭，陸如蘭是陪同趙虎臣前來的，趙虎臣比羅獵傷得更重，目前已經進入手術室，要做手術將那顆嵌入肱骨的彈頭取出來。

陸如蘭聽到腳步聲迅速回過頭來，看到張凌峰，臉上擠出笑容，雖然極力想要笑得嫵媚，可笑容中明顯帶著受驚後的惶恐。

張凌峰道：「這麼巧？」

陸如蘭道：「趙先生在做手術。」

張凌峰道：「你不過去看看？」說完又意識到陸如蘭的身分只怕不合適，畢竟趙虎臣的老婆子女都已經聞訊趕來，趙虎臣雖然寵愛陸如蘭，可陸如蘭卻沒有任何的身分，這個時候出現只能平添尷尬。

陸如蘭搖了搖頭道：「不了，我也就是等等消息，待會兒就走。」

張凌峰道：「像陸小姐這樣重情重義的女子真是不多。」他準備離開，卻又生出一個念頭：「陸小姐，不如我送你回去，我派人留在這裡，這邊有什麼消息隨時通報給你，如何？」

陸如蘭的眼神顯得有些猶豫：「不好吧……」

張凌峰道：「天氣這麼冷，你留下也沒什麼幫助，不如先回去耐心等著，更何況發生了這麼多事，我也不放心你一個美麗的女子獨自回去。」

陸如蘭還想拒絕，可當她遇到張凌峰灼熱的目光頓時打消了念頭，輕輕點了點頭道：「那就麻煩您了。」

羅獵在床上躺好，葉青虹為他泡了杯紅茶，柔聲道：「乖乖躺下，我餵你。」

羅獵笑道：「說起來我還要感激這位殺手，如果不受傷，我還享受不到葉大小姐的照顧。」

葉青虹啐道：「我何時沒有照顧你了？只是有些人不領情罷了。」

羅獵喝了口紅茶，兩人四目相對，一時間心中都是溫馨無限，羅獵的目光落在葉青虹柔潤的紅唇上，下意識地抿了抿唇，葉青虹一雙明澈的美眸閃現出嫵媚的柔光，這對羅獵不啻是一種鼓勵，兩人漸漸靠近之時，外面突然傳來敲門聲。

葉青虹慌忙起身，平復了一下情緒方才道：「進來！」

進來的是法租界的巡捕，連公共租界的總巡捕于廣龍也意外現身。

葉青虹頓時感覺到情況有些不對，這裡是法租界的地盤，就算今晚發生了槍擊案、命案，公共租界的巡捕也不應當在此地現身。

于廣龍臉色陰沉，雙目之中充滿悲憫之色，今晚在穆府慘遭割喉的于衛國是他的本家侄子，于廣龍之所以能夠成為公共租界的總巡捕也和于廣福這位本家哥哥的提攜有關，于家在黃浦的勢力很廣，發生了這麼大的事情，于廣龍身為于家的一份子，死者的叔叔自然不能坐視不理。

葉青虹道：「各位什麼事情？這裡是醫院，傷者需要休息。」

于廣龍道：「葉小姐，我們不會耽擱你們太久時間，只是想瞭解一些事。」

葉青虹還想說話，羅獵示意她不必著急。于廣龍向葉青虹道：「葉小姐，我可否單獨問羅先生幾個問題？」

葉青虹看了看羅獵，在徵求他的意見之後離開了觀察室。

于廣龍獨自一人留下，他在房間內走了幾步道：「羅先生和死者過去就認識對不對？」

羅獵道：「認識，幾個月前，我們一起乘火車從津門返回黃浦。」

于廣龍轉過身來，目光灼灼盯住羅獵道：「據我所知，你們相處並不愉快，對不對？」

羅獵道：「通過朋友認識，算不上朋友，可也沒什麼矛盾。」

于廣龍大聲道：「你撒謊，你和死者的未婚妻關係密切，死者因此而和你產生了矛盾，曾經多次發生不快對不對？」

羅獵皺了皺眉頭，欲加之罪何患無辭，他和于衛國之間的矛盾的確因唐寶兒而起，于衛國途中幾次針對自己，甚至在抵達黃浦後還找到菜刀幫來報復自己，可羅獵並沒有放在心上，只是將此人當成一個金玉其外敗絮其中的富家子，這種人壓根不可能也沒資格成為他的對手，更何況他和唐寶兒之間沒有任何曖昧。

羅獵道：「于探長應該選錯了方向，我和死者並無深仇大恨，我和唐寶兒也沒有任何逾越正常友誼的感情，就算我和死者有過不快，也不足以成為我殺害他的理由，如果您不相信，可以找相關人取證。」

于廣龍道：「談到證據，我們在現場找到了一把兇器。」

羅獵敏銳地意識到正是這把兇器才將警方的注意力吸引到了自己的身上，他平靜地望著于廣龍。

于廣龍道：「一把飛刀，刀刃上染滿了死者的血跡，停電之後，兇手就是用這把飛刀極其殘忍地割斷了死者的喉嚨。」他停頓了一下，咬牙切齒道：「羅先生常用的武器是不是飛刀？」

羅獵道：「如果兇器是一把菜刀，那麼做飯的廚子豈不是最大的嫌疑人？」

于廣龍道：「沒有人證我不會找你。」

羅獵愣了一下，人證？誰在設局陷害自己？

于廣龍將一副手銬放在羅獵面前：「是我押你走，還是你主動跟我走？」

羅獵道：「于探長是在給我定罪嗎？」

于廣龍搖頭道：「你親口認罪前只是最大嫌疑人，不過這只是早晚的事。」

張凌峰被急促的電話鈴聲驚醒，他伸手去拿電話，卻被一條雪手臂纏住，望著睡姿妖嬈的陸如蘭，他的唇角露出一絲得意的笑容，假裝熟睡的陸如蘭發出一連串格格的笑聲，電話鈴聲又倔強地響了起來。

張凌峰道：「看來真有急事！」

陸如蘭嬌嗔道：「不許你接。」常春藤般纏繞在張凌峰身上的四肢卻悄悄放開，她懂得男人的心理。

張凌峰起身拿起了電話，陸如蘭望著他健壯的背影，想起此前的瘋狂，臉上洋溢著幸福和滿足，內心的天平已經不知不覺開始傾斜，她想起了趙虎臣，那個外強中乾的傢伙無論從哪個方面都無法和年輕英俊的張凌峰相提並論。

「什麼？」張凌峰的聲音變得激動起來，他大吼道：「他們憑什麼抓人？青虹，你別著急，我馬上打電話讓他們放人！」

陸如蘭從對話中已經知道發生了大事，悄悄穿上睡衣，一邊整理頭髮一邊道：「發生了什麼事？」

張凌峰怒道：「于廣龍那個王八蛋，真是吃了熊心豹子膽，竟然跑到法租界來抓人，把羅獵給扣了！」

和猛龍過江的張凌峰相比，陸如蘭對黃浦方方面面的關係要清楚得多，她也清楚眼前這個優秀的男人看中的只不過是自己正值青春的肉體，想要抓住他的內心就必須讓他看到自己的內在。

張凌峰正準備打電話，陸如蘭卻走過來按住了電話，他微微一怔，不知道陸如蘭因何做出這個大膽到近乎無禮的舉動。陸如蘭道：「少帥，你知不知道今晚被殺的于衛國是于廣龍的侄子？」

張凌峰愣了一下，他只知道于廣龍是父親的舊部，卻不知道于廣龍和死者的關係，陸如蘭應該不會欺騙自己，如果死者就是于廣龍的侄子，那麼于廣龍應當不會給自己這個面子，也就是說這個電話打過去會毫無意義。

張凌峰在死裡逃生之後並不在意死者是什麼人，現在陸如蘭一說他方才意識到整起事件並沒有那麼簡單。

陸如蘭道：「今晚的事情有些蹊蹺，少帥需先謀定而後動。」

張凌峰看了她一眼，掩飾不住欣賞的目光，最初吸引他的是陸如蘭誘人的肉體，而現在他發現陸如蘭能夠成為知名交際花絕不僅僅是依靠其外表，此女的頭腦相當精明。

張凌峰道：「依你之見，我應當怎麼做？」

陸如蘭道：「我總覺得今晚接連發生刺殺和謀殺，舞會的組織者或許脫不開干係，少帥還是多方瞭解一下，我也能夠利用現有的關係查清一些事情，相信很快事情就會有所眉目，至於羅獵，我看他一時半會應當不會有事，他若是被人陷害，那麼還是待在巡捕房最安全。」

羅獵被關押在法租界的巡捕房內，他暫時沒吃什麼苦頭，于廣龍就算再恨他，也必須遵照程序，于衛國死在法租界，他無法將疑犯轉移到自己轄區關押。

羅獵這一夜過得非常平靜，他仔細考慮了這件事的來龍去脈，從一開始老安對他的提醒，他就意識到舞會現場可能會出事，只是他並沒有想到槍手會選擇張凌峰作為目標，營救張凌峰是出自本能，在那種情況下，他並沒有太多的時間去考慮。

于衛國的死更是一個意外，有人趁亂下手，事情發展到現在更像是一場預謀，自己和于衛國曾經的矛盾，現場找到的兇器，所有一切都指向自己。到底是誰在陷害自己？羅獵將疑點縮小，最終落在了兩個人的身上，一是任天駿，還有一個就是白雲飛。

任天駿對付自己可以簡單地解釋成為父報仇，可白雲飛卻缺少將自己置於死地的理由。

羅獵沒有親眼看到那柄割斷于衛國喉嚨的飛刀，可是他相信飛刀的存在，飛刀既然是他常用的武器，就有失落在外的可能，自然會有被別人拾到的機會，或許奪去于衛國生命的就是這樣的一柄飛刀，但絕不是自己出手。

羅獵仔細回憶著舞會上的每一個細節，張凌峰首先被排除了嫌疑，如果不是自己關鍵時刻推了他一把，那顆子彈已經奪走了他的性命，在那樣的狀況下，張凌峰不可能騰出手來再去做其他的事情。

趙虎臣?也不可能，他也是那晚的受害者。

外面傳來的腳步聲打斷了羅獵的思緒，一個聲音道：「有人來看你了。」

羅獵活動了一下手足，站起身來，他本以為來人是葉青虹，可從遠處走來的身形又不像，來人身穿黑色西服帶著禮帽，手中拄著一根文明棍。

來到門前，巡警打開了鐵門，向那人道：「宮本先生，十五分鐘。」

那人應了一聲，走入鐵門內，巡警從外面將鐵門鎖了，然後離開。

羅獵雖然沒有看清對方禮帽遮住的面容，卻已經從熟悉的氣息中猜到了她的身分，搖了搖頭，重新坐回自己冰冷的鐵床之上。

蘭喜妹摘下禮帽，她化了妝，帶著黑框眼鏡，還貼上了兩撇八字鬍，她的化妝術非常高明，應該可以和擅長此道的麻雀一較短長。環顧了一下這昏暗狹窄的牢房，輕笑道：「想不到你也有今天。」

羅獵道：「你是專程來看我笑話的?」

蘭喜妹幽然歎了口氣，來到羅獵的身邊，伸手去解他的衣服，羅獵不明她的意圖，愕然道：「你幹什麼?」

蘭喜妹瞪了他一眼道：「看看你的傷口。」

羅獵微微一怔，旋即腦中一亮，他想到了一件事，自己受傷的時候蘭喜妹並未在場，她因何知道得如此清楚，甚至連自己受傷的部位都一清二楚？除非……羅獵默許了蘭喜妹的行為，蘭喜妹為羅獵檢查傷口換藥包紮之時，聽到羅獵平靜道：「藏身在教堂塔樓內，意圖射殺張凌峰的那個人是你。」

蘭喜妹微微一笑，沒有承認也沒有否認，仔細將羅獵的傷口給包紮好了，然後啐道：「你總是壞我好事。」低頭盯住羅獵的雙目道：「你為何猜到是我？」

羅獵道：「跳出黃浦，想想滿洲就不難猜到。」滿洲的局勢在平靜了一段時間後再起波瀾，北滿軍閥張同武和南滿軍閥徐北山圍繞蒼白山爭奪地盤的戰鬥越演越烈，在羅獵初識蘭喜妹之時，蘭喜妹就是黑虎嶺的八當家，而黑虎嶺和徐北山一直過從甚密，也就是說蘭喜妹處於張同武的對立面。

蘭喜妹伸手在羅獵的腦門上點了一下：「就數你聰明。」

羅獵道：「我現在這個樣子也和你有關了。」

蘭喜妹搖了搖頭道：「我從不害你，我到塔樓只是為了阻止其他人害你，只是湊巧看到了張凌峰，所以我準備趁機結果了他，沒想到你居然插手。」

羅獵道：「那殺手原本的目標是誰？」

蘭喜妹道：「應該是任天駿。」

羅獵點了點頭，他已經推斷出當時的狀況，殺手殺死任天駿而後嫁禍給自己和葉青虹，能夠做出這一手佈局的人最可能就是白雲飛。

蘭喜妹接下來的話也證實了羅獵的猜測：「塔樓都沒有派人警戒，這麼大的疏漏本不該出現在白雲飛這麼縝密的人身上。」

羅獵道：「他的處境應當也很麻煩。」

蘭喜妹道：「所以他急於找人來背這個黑鍋。」

羅獵卻搖了搖頭道：「于衛國不可能是他殺的，一個人佈局那麼久，就算發生了突然的狀況，也不可能在短時間內做出這樣的調整。」

蘭喜妹道：「你覺得是誰？」

羅獵問道：「你有沒有注意任天駿當晚的位置？」

蘭喜妹搖了搖頭道：「我沒有找到他。」若非羅獵提醒，她也忽略了這個細節，現在回想起來，在她幹掉狙擊手之後，始終沒有從瞄準鏡內發現任天駿的身影。而任天駿的確參加了當晚的舞會，也就是說任天駿在有意無意中規避了最危險的位置。

直覺告訴羅獵這絕非偶然，如果任天駿故意規避危險的位置，就證明他在舞會之前很可能就得到了消息，蘭喜妹射擊張凌峰並非本來的計畫，而在她開槍之後，羅獵的出手破壞了她的計畫，但是此後的發展也超出了她的預料。

羅獵道：「任天駿很不簡單啊。」

蘭喜妹道：「雖然現在所有證據都對你不利，可白雲飛的情況也不樂觀。」

羅獵道：「發生在他的府上，他自然要承擔責任。」

蘭喜妹搖了搖頭道：「我指的並不是這件事，白雲飛正在和于家談碼頭的生意，據我所知談判進行得並不愉快，于廣福已經明確拒絕了白雲飛的出價，所以白雲飛才會邀請于衛國，試圖通過他拉近和于家的關係。」

羅獵道：「你是說他也脫不開嫌疑？」

蘭喜妹道：「目前你的嫌疑最大，警方已經拒絕你的保釋請求，也謝絕你的朋友前來探望你。」

羅獵點了點頭，從蘭喜妹的這番話能夠推斷出自己現在險惡的處境，葉青虹和其他友人至今未能前來探望的原因就在於此，羅獵道：「既然如此，你因何能夠破例？」

蘭喜妹皺了皺鼻子，兩撇假鬍子也隨之翹起，模樣頗為滑稽，又透著可愛，她小聲道：「我不是你朋友，我是你女人！」

羅獵的心理素質再強大，這會兒也不禁有些臉皮發熱了，尷尬地咳嗽一聲道：「你現在的樣子可不像個女人。」暗自揣摩，蘭喜妹之所以能夠順利進來探望自己，應當和她的日方背景有關。

蘭喜妹咯咯笑了一聲道：「你心中只裝著葉青虹。」她估算著時間不多，也不再繼續調笑，低聲道：「你不用擔心，就算事情發展到最壞的一步，我也會安排你逃離此地。」語氣雖然平淡，可平淡之中又見真情。

羅獵心中暗自感動，無論蘭喜妹是何立場，也無論她做事的手法如何，她對自己的好的確毋庸置疑。羅獵道：「你準備幫我越獄嗎？」

蘭喜妹點了點頭，如果事情當真惡化到了那種地步，也只有越獄才能幫助羅獵脫困。

羅獵道：「如果逃了，豈不是就等於承認了所有的指控？」其實他如果想逃，並不是沒有機會，可背負冤屈，永遠見不得天日那樣的生活不是他想要的。

蘭喜妹道：「于家在黃浦的勢力很強，于衛國的死他們不會善罷甘休。」

白雲飛身為這場舞會的主辦人，也被警方叫去協助調查，此刻他就在法租界巡捕房內，換成過去，他未必肯給警方這個面子，可這次的事情實在太大，他也無法脫開干係，所以必須拿出誠意。

于廣龍和白雲飛並不陌生，因為轄區的緣故，他們之間的來往並不如法租界巡捕那般密切，可白雲飛自從繼承穆三壽的產業之後，對他一直都很客氣。

白雲飛當然知道于廣龍現在的做法已經是公然越界，一個公共租界的總巡捕，無論他的權力如何大，也不應該將手伸到法租界，然而死者是于廣龍的侄子，又恰恰死在了他的府上。

白雲飛已經照實回答了幾個問題，他儘量還原事實，又盡可能地撇開自己的關係，事實就是他絕沒有計劃殺死于衛國。

「羅獵和死者當晚有沒有發生衝突？」

白雲飛搖了搖頭：「記不得了，當晚的客人實在太多，我甚至沒有關注到他們有沒有碰過面，說過話。」

于廣龍道：「你知不知道羅獵和死者之前的關係？」

白雲飛仍然搖了搖頭，雖然他樂於將所有的嫌疑都導向羅獵的身上，可理智又告訴他不可以這樣做，如果事情做得太過，反倒會引起別人的嫌疑，自己現在需要站在一個旁觀者的角度去看問題，只要摘清自己，其他的事情都無關緊要。

于廣龍點了點頭。

白雲飛打了個哈欠，然後道：「于探長還有其他問題嗎？」他在提醒于廣龍的訊問應該結束了。

于廣龍道：「沒什麼問題了，謝謝穆先生的配合。」

白雲飛如釋重負，起身和于廣龍握了握手，準備告辭離去，可于廣龍卻沒有放開他的手，于廣龍道：「有件事我很奇怪，穆先生當晚在家中舉辦舞會，安保警戒工作也做得相當周全，可為何會忽略了教堂塔樓，只要是稍有常識的人都會知道，這裡是最適合遠距離狙擊的位置。」

白雲飛表情從容鎮定：「所有的安保我都交給了我的管家負責，還邀請了法租界的巡捕，此事劉探長可以為我作證。」他早有準備，請法租界的巡捕幫忙警戒，真正的用意就是為了撇開嫌疑，這些巡捕大都是酒囊飯袋，根本起不到任何的作用，除了事後擋槍。

于廣龍點了點頭，一旁法租界巡捕房的劉探長臉色並不好看，白雲飛的這番話凸顯出他們的無能。

白雲飛微笑道：「我現在可以走了嗎？」

于廣龍道：「可以，對了，穆先生你近期儘量不要出門，最好不要離開法租界。」他的話等於宣佈將白雲飛禁足。

白雲飛道：「此案沒有查個水落石出之前，我哪裡都不會去。」

白雲飛出門的時候，遇到了一身戎裝前來的張凌峰，以白雲飛此刻的心情，他不想和張凌峰見面的，可正面相逢，無論如何也不能迴避，雖然他已經在第一時間向張凌峰致歉。

若是一切能夠從頭來過，白雲飛絕不會選擇舉辦什麼舞會，任天駿這個年輕人沒他想像中那麼簡單，螳螂捕蟬黃雀在後，他感覺自己已經被一隻無形的大手推入陷阱之中。

所有的嫌疑雖然集中在羅獵的身上，可並不代表著羅獵會被最終定罪，羅獵的身邊人一定在盡力為他奔忙著，張凌峰的到來或許就是這個原因，所有人都知道羅獵救了張凌峰。

想到這裡，白雲飛心中不由得有些失落，在這一點上他不如羅獵，他沒有那麼多的朋友，應該說他的身邊連一個朋友都沒有。

「少帥！」白雲飛恭敬道。

張凌峰沒有搭理他，甚至連看都沒有向他看上一眼，就和白雲飛擦肩而過，白雲飛不認為他沒有聽到自己的話，更不相信自己就站在他的面前，他居然看不到自己，張凌峰不理會自己的原因很可能是昨晚遇刺的事情，還有一個可能就是在張凌峰的眼中壓根看不起自己。

前所未有的挫敗感籠罩了白雲飛的內心，他宛如泥塑般呆立在原地，昨晚的雨一直下到現在，雖然不大，可是密密匝匝，細如牛毛般的雨絲很快就將白雲飛的衣服打濕。

在遠處等候的手下，慌忙撐著傘跑了過來，舉起雨傘想要為白雲飛遮住頭頂的冬雨，卻被白雲飛極其粗暴地一把推開，那手下一個踉蹌坐倒在警局門前濕漉漉的台階上。

白雲飛此時忽然意識到一件事：「老安呢？」

手下人搖了搖頭道：「不知道，他說去辦點事。」

老安此刻正坐在浦江的一艘輪船上，憤怒、內疚的矛盾表情集中在他的臉上，面孔的肌肉因此而有些扭曲，灰色長衫浸透了冬天的雨水，厚重卻不顯得暖和，宛如披著鉛塊壓得老安就快透不過氣來。

任天駿就站在船頭，脫下軍服的他依舊身姿挺拔，雙手扶著汽輪的憑欄，流露出掌控浦江兩岸的氣勢。

老安道：「他懷疑我了。」

任天駿道：「那又怎樣？」

老安道：「你答應我的事情。」

任天駿道：「我既然答應了你，就一定會做到，你放心，海明珠不會有事，海連天我會幫你除掉。」

老安抿了抿嘴唇，他至今都不明白，究竟任天駿是怎麼查出他和海明珠之間的關係。

任天駿道：「你是不是非常好奇，我究竟是怎麼知道你和海明珠的事情？」

老安道：「海龍幫裡有你的人。」他想到了邵威，從一開始他不計後果要殺海明珠，到後來願意犧牲生命去維護她，這其中的轉變被不少人都看在眼裡，任天駿既然跟海龍幫合作，想必會在海龍幫內安插自己的眼線。

任天駿道：「再幫我做一件事。」

老安道：「什麼事？」

任天駿抬起雙眼看了看冬雨淒迷的天空，低聲道：「殺了葉青虹！」

老安道：「然後呢？」

任天駿道：「我今天會離開黃浦，十天之內，如果我聽不到葉青虹的死訊，我就會把所有的事情告訴海連天。」

老安用力咬住下唇，他恨不能衝上去扭斷任天駿的脖子，可是他不敢，因為任天駿不但掌控著他的秘密，也掌控著女兒的性命。白雲飛擔心他會向羅獵洩密，卻想不到老安洩密的對象是任天駿。

任天駿抓住了老安的弱點，提前洞悉了白雲飛的計畫，他決定將計就計，埋伏在塔樓上的狙擊手已經被他收買，當晚要射殺的目標是葉青虹，只是任天駿沒有料到子彈為何會射向張凌峰，還好他留了一手，這一手就是為了白雲飛和羅獵所留。

老安真正領教到了任天駿的可怕，他的高傲和衝動只不過是在人前的偽裝，以白雲飛的智慧都落入他的圈套之中，無論對白雲飛還是羅獵，老安都充滿著愧疚，正是他的出賣才讓兩人身陷囹圄。

張凌峰的身分讓警方不敢怠慢，于廣龍聽聞張凌峰前來馬上選擇迴避，這種時候他不想和這位少主正面相逢。

劉探長將張凌峰請入辦公室內，恭敬道：「少帥怎麼親自來了？」

張凌峰道：「作為昨晚案件的親歷者，我當然要配合警方提供證據。」

劉探長笑道：「少帥其實不必親自來的，我們會登門尋求少帥的幫助。」

張凌峰向四周看了看道：「于廣龍呢？」

劉探長陪著笑道：「于探長的轄區是公共租界，這裡不是他的管轄範圍，而且這件案子也不是他直接負責。」

張凌峰呵呵笑了一聲，他的笑聲讓就藏身在套間內迴避的于廣龍內心一顫。張凌峰本來在接到葉青虹第一個電話的時候就想過來的，可是陸如蘭勸住了他，冷靜下來，張凌峰瞭解了一些情況，又通過陸如蘭打聽到了一些秘密消息，來此之前和葉青虹見了一面，可以說已經有了足夠的準備。

劉探長邀請張凌峰坐下，又給他泡了杯茶，張凌峰並沒有喝茶，取出煙盒抽出一支香煙，一旁的侍衛官趕緊為他點上。

張凌峰擺了擺手示意這裡沒他的事情了，侍衛官這才退了出去，自從昨晚的遇刺之後，張凌峰也變得謹慎了許多。

劉探長道：「少帥，請用茶！」

張凌峰道：「我聽說這案子全程都是于廣龍在管？」

劉探長笑道：「一定是誤會了，怎麼可能，于探長是公共租界的總巡捕。」

「死的是他侄子吧？」

劉探長點了點頭道：「是！」

張凌峰抽了口煙道：「那一槍是射向我的，如果不是羅獵為我擋了那一槍，死的那個人是我。」

劉探長道：「可這並不能證明他沒有殺人。」

張凌峰道：「劉探長什麼意思？」

劉探長道：「根據我們目前的調查，在殺手射擊之後不久，整個穆府關上了電閘，提防殺手第二次射擊，在斷電期間，嫌疑人有足夠的時間完成刺殺。」

張凌峰道：「你是說羅獵在救我之後，拖著受傷的手臂，又在伸手不見五指的大廳中找到于衛國並殺了他？」

劉探長道：「現場找到了兇器，那兇器恰恰是嫌疑人經常使用的飛刀。」

張凌峰道：「這並證明不了什麼？飛刀飛出去，誰都能夠撿到，有人撿到或偷到了飛刀然後利用這把飛刀殺死了于衛國。」

劉探長道：「可飛刀上找到了嫌疑人的血跡。」

張凌峰道：「羅獵當時是在受傷的狀態下，得到他的血很容易。」

劉探長道：「我們查案的時候通常會把感情因素摒除在外。」

張凌峰怒道：「我不是因為他救了我才為他辯護，他救我之後一直都跟我在一起，我可以為他證明，只要有腦子的人都能夠判斷出，把嫌疑放在羅獵的身上是何其的荒唐，他為了救我受傷之後，居然想到的第一件事還是殺人？」

劉探長道：「不排除苦肉計的可能，有些殺人者為了洗清嫌疑，會精心設計不在場的證據。」

張凌峰怒道：「羅獵流了那麼多的血，你們可以根據血跡判斷他的行動軌跡，他為什麼要殺于衛國？他是一個牧師，以救世濟人為己任的牧師，怎麼可能殺人？天下間又有誰會這麼傻，用自己常用的武器殺人，並將之留在現場，還要在上面沾滿自己的鮮血？」

劉探長被他問住了：「這……」

張凌峰起身指著裡面的房門罵道：「于廣龍，你給我滾出來，我知道你一定在裡面，你要是不出來，老子就踹門了。」

張凌峰其實根本無法確定于廣龍在不在裡面，他只是虛張聲勢，不過這一招卻非常奏效，于廣龍果然禁不住詐，愁眉苦臉地走了出來，長歎了一口氣道：「少帥！」

張凌峰指著于廣龍的鼻子斥責道：「于廣龍，你是在公報私仇嗎？」

于廣龍道：「少帥，我和羅獵過去無怨無仇，為何要公報私仇？」

張凌峰道：「我說的話你都聽到了，就連三歲的小孩子都能夠看出你們根本就找錯了人，為何你們還要把他關起來？為什麼要誣陷好人？」

于廣龍道：「少帥，從目前我們所掌握的證據來看，的確他的嫌疑最大。」

張凌峰怒道：「人證還是物證，我可以為他作證，羅獵從頭到尾就在我的附近，在當時那種狀況下他不可能去殺你侄子！」

于廣龍道：「少帥息怒，其實這件事我也覺得事有蹊蹺，我們由始至終也沒有認定羅獵是殺人犯，只是認為他是嫌疑人。」

張凌峰道：「沒有確定，憑什麼關他？」

于廣龍歎了口氣。

劉探長悄悄向他擠了擠眼睛道：「我還有事，兩位慢慢談。」他並不想多做逗留，趁機離開。

于廣龍在他走後關了房門，請張凌峰坐下，再次歎了口氣道：「少帥，實不相瞞，我也覺得羅獵沒有殺人。」

張凌峰極其不滿地看了他一眼，不過怒氣稍稍消了一些：「那你還抓人？」

于廣龍道：「只有抓人才能讓真凶麻痹大意，如果我不把最大的嫌疑人留在這裡，真凶很可能會遠走高飛。」

張凌峰又抽出一支煙，于廣龍幫他點上道：「最遲三天，只要我抓到真凶，馬上就放了羅獵，並登報致歉恢復他的名譽。」

張凌峰道：「你這一手做得夠絕，不但不讓保釋，連探視的機會都不給。」

于廣龍道：「也是情非得已，還請少帥體諒我的難處。」

張凌峰道：「羅獵救了我的命，別說他沒殺人，就算他犯了法，你以為憑你的關係能夠把他置於死地？」

于廣龍在這件事上表現出少有的強硬：「我不能，可是于家能。」

張凌峰沒有發怒，如果于家認定羅獵是殺死于衛國的兇手，這件事的確會很棘手。他抽了口煙道：「有個事情你知不知道，穆天落最近正在和于家談判碼頭的生意。」

于廣龍點了點頭，暗自感歎張凌峰的管道夠廣，由此可見他對羅獵的事情非常上心。

于廣龍道：「我已經多方布控，對穆天落的人，對趙虎臣的人。」

張凌峰道：「你認為他們兩個最有嫌疑？」

于廣龍道：「我大哥說了，只要是涉嫌殺害衛國的，一個不能放過，縱然賠上全部身家也在所不惜。」

張凌峰暗自吸了口冷氣，于廣福在黃浦的身分和勢力的確能說出這樣的話。

于廣龍道：「少帥，其實您不必蹚這趟渾水，羅獵這個人也很不簡單。」

張凌峰道：「什麼意思？」

于廣龍道：「有件事我始終沒對您說……」他在張凌峰耳邊低聲說了句話。

張凌峰聽完臉色瞬間改變，驚聲道：「你說什麼？」

于廣龍點了點頭。

葉青虹想盡了一切辦法，也動用了所有的人脈，現在能做的唯有等待。

葉青虹獨自坐在小教堂內，默默祈禱羅獵平安歸來，最先回來的是張長弓，在他們前往保釋羅獵被拒絕之後，就知道事情不妙，別說保釋，甚至連探視的可能都沒有，葉青虹已為羅獵聘請了律師，律師也已經前往巡捕房謀求面見羅獵。

張長弓道：「任天駿已經離開了黃浦，我沒有找到他。」

葉青虹點了點頭，掩飾不住臉上的失望之色：「老安呢？」

張長弓道：「據白雲飛所說，老安失蹤了。」

葉青虹皺了皺眉頭，憑直覺判斷老安很可能有問題。

張長弓道：「怎麼辦？大不了我去劫獄，把羅獵給救出來。」

葉青虹道：「目前警方只是將羅獵列為嫌疑人，他們並沒有給羅獵定罪，而且我們還沒有和羅獵見面，我看這件事未必會一直惡化下去。」

張長弓怒道：「白雲飛有鬼，我看說不定就是他和任天駿串通一氣。」

葉青虹搖了搖頭，此時唐寶兒也趕了回來，她走得有些急，氣喘吁吁道：「于家好不通情理，他們居然還把于衛國的死怪罪到我的身上。」

葉青虹拉她坐了下來，讓唐寶兒去于家打聽情況的確為難了她，畢竟唐寶兒和于衛國有過一段，唐寶兒甩掉于衛國其中有部分原因還是和羅獵對比，越看越覺得于衛國不順眼。

唐寶兒道：「于家人不講理，如果不是于衛國死了，我才饒不了他們。」

葉青虹道：「人家畢竟死了人，傷心遷怒於你也可理解，只是為了羅獵的事情讓你受委屈了。」

唐寶兒道：「我受點委屈沒什麼，最重要是羅獵沒事，現在外面的小報到處亂寫，編造什麼因愛生恨，說羅獵和于衛國為了我爭風吃醋，所以才謀殺于衛國的混帳新聞，簡直是胡說八道，羅獵喜歡的那個人明明是你！」

說到這裡，唐寶兒方才留意到葉青虹的眼圈紅了，知道她因為羅獵的事情現在內心壓力必然奇大，自己的這番話無疑又增加了她心中的負擔。慌忙勸慰道：「羅獵這個人福大命大造化大，吉人自有天相，就算咱們不管他，他也一定不會有事。」她又向張長弓看了一眼道：「張大哥，你說對不對？」

張長弓經她提醒方才連連點頭道：「是，是，說得對！」

葉青虹道：「我倒不是擔心他的安危，只是為他感到委屈，如果我當時勸他不去參加舞會，也不會招來這場無妄之災。」

門外傳來張凌峰的聲音道：「羅獵若是不去，誰能救我？」

三人同時站起身來，葉青虹知道張凌峰去了巡捕房，急忙詢問羅獵的消息。

張凌峰道：「我已經如實將當時的情況說出，並為羅獵做了無罪證明。」

唐寶兒道：「既然你證明他無罪，為何羅獵沒有跟你一起回來？」

張凌峰歎了口氣道：「此事說來話長。」

老安失蹤了，白雲飛最擔心的事情終於還是發生了，從老安的失蹤他推斷出這場戲的背後佈局者到底是誰，只是白雲飛無法想透，一直忠於自己的老安，口口聲聲欠自己一條性命的老安，願意為自己赴湯蹈火的老安為何會背叛自己？最開始他還擔心老安會向羅獵透露消息，可現在看來，自己一直都選錯了對象。

羅獵不是佈局者，只是這場局的另外一個受害者，張凌峰也不是，沒有人會拿自己的生命去上演一齣苦肉計。自己想要除掉任天駿然後嫁禍給羅獵，沒想到此事早已被任天駿看破，還被人將計就計。

白雲飛認為自己的錯誤在於低估了任天駿，正是任天駿在他面前表現出的狂傲和衝動迷惑了自己，白雲飛以為這只是一個稚嫩的對手，卻想不到這廝少年老成，心機深沉如斯。

老安是一顆厲害的棋子，白雲飛原本準備用他來克敵制勝，卻想不到這顆棋子竟然擊中了自己的命門。

被拘捕的是羅獵，可白雲飛的內心卻變得極其忐忑，也許一切只是表面，警方抓羅獵或許只是用來迷惑自己，另一嫌疑人一定是自己。

走，不是沒有機會，可好不容易才得到的大好基業，就這樣輕易捨棄，白雲飛不甘心。不走，說不定很快巡警就會上門來拘捕自己，將自己作為另外一個嫌疑人關入鐵籠。

白雲飛感覺自己已經陷入了困境，他想不到破局的方法。

手下人輕輕敲了敲書房門，得到白雲飛的應允後方才小心翼翼走了進來。

白雲飛頭也未抬，有些沙啞的聲音道：「有他的消息了？」他就是老安，讓白雲飛恨之入骨的老安。

手下人垂下頭去，低聲道：「沒有，我們搜遍了整個法租界也沒有發現他的蹤跡。」

這句話卻把白雲飛刺激到了，白雲飛怒吼道：「那就去公共租界，去搜整個黃浦，就算掘地三尺也要把他給我找出來。」

「已經在找了，還有，根據我們得到的消息，任天駿已經離開了黃浦。」

白雲飛點點頭，他已迅速冷靜了下來，事情到了這種地步發火也起不到任何作用，棋差一招，從目前處境不難推斷出背後黑手是誰，然而一切似乎已晚了。

白雲飛拿起一旁的煙杆兒，這根曾經追隨穆三壽一生，代表著權力傳承的煙杆兒第一次讓他感覺到如此沉重，權力和責任果然是並存的，**你所獲得的權力越大，責任也就越大**，而後者通常會表現為壓力。

老安的不告而別讓白雲飛感到他的人生突然缺少了什麼，他花費了比平時多一倍的時間點燃煙鍋，手下人雖然想過來幫忙，可是又擔心此時任何的舉動都可能觸怒他。

白雲飛抽了口煙，同樣的煙草卻讓他感覺到空前苦澀的味道，吐出一口濃重的煙霧，望著煙霧在自己的眼前緩緩瀰散變淡，白雲飛低聲道：「趙虎臣那邊有什麼動靜？」

「他還在醫院。」

白雲飛點了點頭：「備車，去領事館。」

第七章

背後的黑手

白雲飛在第一時間收到了葉青虹出事的消息，
葉青虹出事等於將矛盾徹底激化了，
他從不認為巡捕房的那個鐵籠能夠困住羅獵。
無論葉青虹是死是活，
都證明背後的黑手將目標鎖定在葉青虹的身上，
羅獵絕不會坐視不理。

白雲飛並沒有得到蒙佩羅的接見，在抵達領事館之前他就已經意識到了這一點，途中他抽空看了今天最新的報紙，上面刊登的新聞大都和昨晚發生在穆府的兇殺案有關，唯一讓白雲飛感到欣慰的是，新聞的焦點大都關注在最大嫌疑犯羅獵的身上，畢竟新聞工作者更為關注桃色花邊新聞，羅獵和于衛國因為唐寶兒成為情敵，因此導致仇殺的說法塵囂而上，這毫無根據的傳聞更能夠吸引老百姓的眼球，也容易被廣大讀者所接受。

白雲飛的眉頭始終沒有舒展過，雖然從輿論上來看，目前矛頭還沒有指向自己，可他清楚地認識到巡捕不是傻子，于家人更不是，而羅獵也不可能甘心認罪，他身邊的朋友也不會答應。

白雲飛在吃到閉門羹不久就看到葉青虹從領事館走了出來，這證明領事出門辦事的藉口應當只是一個謊言，不過白雲飛並沒有生氣，蒙佩羅因昨晚的事情生氣，而且在目前這種敏感時刻想要劃清和自己界限的想法很正常。

至於葉青虹，聽說她曾經是蒙佩羅的學生，單單這一層關係就不是自己能夠比擬的。

白雲飛主動迎了上去，招呼道：「葉小姐早！」

葉青虹冷冷看了他一眼，甚至懶得開口回應。

白雲飛能夠體諒葉青虹對自己的反感，她一定認為羅獵現在所有的麻煩都是自己造成的。白雲飛其實非常羨慕羅獵，落難之時身邊朋友不離不棄，而自己身邊缺少的恰恰是這樣的朋友。

白雲飛又叫了聲葉小姐，葉青虹方才停下腳步。

白雲飛笑道：「昨晚的事情實在抱歉。」

葉青虹道：「你好像選錯了道歉對象？」這種話白雲飛本該對羅獵說才對。穆三壽死後，白雲飛繼承了他的一切，身為穆三壽義女的葉青虹並沒有放在心上，無論是不是穆三壽的選擇，無論白雲飛在其中有沒有動過手腳，她都不想追究，圓明園事件之後，她突然看淡了恩仇，只想和過去做個徹底的了斷，如果不是因為割捨不下對羅獵的感情，她甚至都不會再返回這裡。

白雲飛的做法已經觸怒了葉青虹，雖然至今沒有將這件事查個水落石出，可是她能夠確定昨晚的這場舞會就是白雲飛布下的局，無論成功與否，無論最終的操縱者是誰，白雲飛都需要承擔責任，任何人只要觸犯了羅獵的利益，那就是她的敵人。

白雲飛並沒有因為葉青虹的冷漠而放棄，他必須要闡述一個事實：「葉小姐，其實我們都是受害者。」

葉青虹道：「那你很幸運，仍然好端端地站在這裡。」

白雲飛道：「老安失蹤了！」

葉青虹愣了一下，白雲飛告訴自己這件事當然有他的目的，葉青虹並未懷疑過老安，在羅獵出事之後，她將首要的疑點鎖定在白雲飛的身上，短暫的遲疑之後，葉青虹認為白雲飛正想利用這件事將自己引入歧途。

白雲飛從葉青虹的目光中已經看出了她對自己的質疑，白雲飛道：「根據我掌握的情況，老安已經被任天駿收買。」說到這裡他停了下來，其實收買兩個字並不準確，以他對老安的瞭解，金錢、權力或是美色對老安的誘惑力都不大，可向來知恩圖報的老安仍然不顧信義地背叛了自己。冷靜下來之後的白雲飛認為老安極可能屈從於某種壓力，以他對老安的瞭解，老安無牽無掛孑然一身，這樣的人本不該害怕威脅，可是自從老安此番出海歸來，總覺得他發生了一些變化。

白雲飛之所以告訴葉青虹這件事，並非是要通過這件事來減少葉青虹對自己的反感，而是要讓葉青虹關注真正的罪魁禍首，他從不忽視女人的報復心，尤其是當一個女人認定你傷害她的愛人之後。

葉青虹道：「你找不到他？」

白雲飛點了點頭，葉青虹總算主動回應了自己一句話，由此看來她已經開始理性地看待問題，白雲飛道：「我發動了所有人手，從目前的狀況來看，他應當已經逃出了法租界，很可能已經離開了黃浦。」

葉青虹道：「你何時發現他有問題？」

白雲飛苦笑道：「我本以為他跟你們走得近一些，卻未曾想到他早已和任天駿串通。」

葉青虹道：「于家鐵了心要對付羅獵……」停頓了一下道：「你也一樣。」

白雲飛當然清楚自己的處境，唇角泛起一絲苦澀的笑意：「我的確應當承擔責任。」

葉青虹道：「菜刀會的劉尚武你知不知道？」

白雲飛點了點頭，他當然知道，當初劉尚武曾經被于衛國雇傭，找羅獵的麻煩，還是他出手解決。

葉青虹道：「此人的證詞對羅獵非常不利。」

白雲飛道：「我會解決這件事。」

葉青虹和白雲飛對望了一眼，他們誰都不再說話，可心中都明白，無論他們願意與否，命運的繩索已經將他們困在了一條船上，作為重大嫌疑人的羅獵雖然被關在巡捕房，可外面的白雲飛也不見得能夠安然無恙，關於任天駿的所為，他們目前僅限於猜測，沒有任何的證據能夠證明。

羅獵的境況有所改善，巡捕房同意他和律師見面，葉青虹為他聘請的大律師剛剛和他見過面，也傳遞了一些消息給他。羅獵的精神狀態很好，沒有任何的沮喪，甚至比起平時還要精神一些，說來奇怪，他入獄之後，居然美美地睡了一個好覺。

律師離去之後，于廣龍單獨提審了羅獵。

于廣龍這次表情顯得和藹了許多，示意羅獵坐下之後，居然還主動掏出一盒煙道：「抽不抽煙？」

羅獵微笑道：「謝謝，我戒了！」

于廣龍道：「年輕人不抽煙是好事。」他自己抽出一支香煙點燃，抽了兩口方才道：「案情又有了一些進展。」

羅獵哦了一聲道：「于探長準備何時放我出去？」

于廣龍道：「菜刀會的劉尚武你認不認識？」

羅獵道：「打過一些交道，不算熟。」

于廣龍道：「羅先生沒說實話吧，根據我的瞭解，你們的關係很不錯，而且劉尚武還替你前往于家討債，七千塊大洋的欠條。你和劉尚武聯手敲詐了于衛國一萬，然後你們將錢平分對不對？」

羅獵望著于廣龍，知道這件內幕的人不多，于衛國清楚，可是他現在已經死了，就算活著也引以為恥，像他這麼愛面子的人應當不會到處去說，自己也沒有提起過這件事，也就是說問題應當出在劉尚武的身上。

羅獵笑容不變道：「一個江湖人物的話有多少可信度？于探長的瞭解恐怕有誤，劉尚武和我之所以認識，是因為他被于衛國雇傭前來報復我。」

于廣龍臉色倏然一變，他突然在桌上重重拍了一記，霍然站起身來，居高臨下地怒視羅獵道：「你撒謊！」

羅獵抬起頭不卑不亢地看著他道：「于探長又有什麼證據說我撒謊？」

于廣龍道：「我已經找到了那張欠條，劉尚武已經在我方的控制中，他也全部交代了你們之間的事情，你不但聯手他敲詐于衛國，還委託他雇傭殺手意圖狙擊于衛國，在狙擊手失敗之後，你決定親自動手對不對？」

羅獵道：「于探長將來退休以後可以成為一個不錯的小說家。」

于廣龍道：「人證、物證我全都有，你還敢狡辯。」

羅獵道：「于探長既然擁有全部的證據只管直接對我進行起訴，又何必審訊那麼麻煩？」

于廣龍道：「羅獵，不要以為有些關係就能夠逃出法網。」

羅獵道：「于探長所指的關係是少帥？他應當可以證明我並無足夠的時間去殺死于衛國。」

于廣龍呵呵笑了起來：「羅獵，你救了少帥不假，可是從第一聲槍響到第二次謀殺，在停電的這段時間內，你有足夠的時間行兇，並回到原地。」

羅獵道：「在當時的情況下，我經過的地方地面上應當會留有血跡，只需現場仔細勘察，不難認定我和于衛國兇殺案無關，作為一個偵探，難道不應當先收集證據然後再給嫌疑人定罪，而不是先認定了某人有罪，然後再去東拼西湊所謂的證據。」

于廣龍點了點頭，他的情緒居然平復了下去，緩緩坐回自己的位子，打量著眼前的年輕人，羅獵還真是不簡單啊！

羅獵並沒有嘗試探索于廣龍的腦域，雖然他現在已經有能力這樣做，相比探索于廣龍腦中的秘密，他更希望從于廣龍流露的破綻中捕捉到此事的玄機，于廣龍自認為毫無破綻的這番指控在羅獵看來卻是漏洞百出。通過這番談話，羅獵確定了幾件事，一，于廣龍已經找到了劉尚武，並從他那裡得到了所謂的證據。

二，于廣龍至今都沒有確認自己是殺死于衛國的兇手，但是他仍然不會放過自己。三，少帥張凌峰，這個被自己從死亡邊緣拉回的傢伙，並沒有提供確實可信的證據。

于廣龍居然倒了一杯茶，推到羅獵的面前，羅獵沒有拒絕，端起茶杯抿了一口，然後道：「其實你清楚我和于衛國被殺一案無關對不對？」

于廣龍道：「我只相信證據，單單是你和劉尚武聯手敲詐一萬大洋，這個罪名就能讓你在監獄裡待一輩子。」

羅獵將喝空的茶杯放了回去，然後道：「于探長是不是有什麼條件？」

于廣龍道：「穆天落，是不是穆天落指使你這樣做的？」

羅獵皺起了眉頭。

于廣龍道：「你曾經接受過穆天落的雇傭，為他出海辦事。」

羅獵道：「這和兇殺案又有什麼關係？」

于廣龍道：「如果你說出真相，並指控穆天落，我至少能保住你的性命。」

羅獵笑了起來：「聽上去是個誘人的條件。」

于廣龍道：「你也可以不答應，可是我也要提醒你，如果找不到幕後的真正指使者，那麼所有的罪名都會落在你一個人的頭上，後果你自己掂量。」

羅獵道：「最壞的後果無非是死刑。」

于廣龍愣了一下，他從羅獵無畏的表情中已經得到了答案。

羅獵道：「張凌峰提供的證詞無法為我脫罪對不對？」

于廣龍道：「停電之後，他的確沒有看到你在什麼地方。」

羅獵道：「像他那樣的人如果不肯為我作證，背後的原因只有一個。」他微笑望著于廣龍道：「兇殺案只是一個藉口，有人想要利用這件事將我剷除，張同武對不對？」

于廣龍的詫異已經掩飾不住，他不知道羅獵究竟是如何猜到的。

羅獵起身道：「我回去了。」這件事不難猜測，以張凌峰的性情，能逼迫他改變主意的只有他的父親。羅獵不知自己這樣的小人物因何會引起北滿大帥張同武的注意，思來想去應當和曾經蒼白山的經歷有關。

如果張同武施壓，那麼自己很難洗清冤屈，他應該重新考慮應對的方法了。

律師帶給葉青虹的消息並不樂觀，張凌峰雖然提供了證詞可證詞的力度不夠，不足以讓羅獵脫罪，甚至無法提供停電之後羅獵的去向證明。這一消息也大大出乎了葉青虹的意料之外。

「恩將仇報！」葉青虹憤憤然道。

張長弓和唐寶兒都感到不解，在他們看來張凌峰為羅獵作證是天經地義的事情，而且他們都看好張凌峰的影響力，認為由他出面很快就能夠扭轉局面，然而事情的發展卻讓幾人都看不懂了。

張長弓道：「張凌峰為何不肯為羅獵作證？」

唐寶兒道：「不是不肯作證，而是只證明了一部分。」

葉青虹怒道：「我去找他，我倒要看看他到底安的什麼心。」

唐寶兒道：「難道是他嫉妒你對羅獵好所以……」

葉青虹瞪了她一眼，嚇得唐寶兒將剩下的話全都咽了回去。葉青虹去拿起了外套，張長弓道：「我送你！」

葉青虹搖了搖頭道：「你還是送寶兒回去，他住的不遠，我開車過去就行。」

張長弓想了想，葉青虹武功不弱，而且她去找張凌峰討說法，自己也不適合出現。

葉青虹開車向張凌峰的住所駛去，已經是晚上十點半，這場延綿兩日的冬雨還在沒完沒了地下著。葉青虹認為張凌峰的行為太過卑鄙，雖然張凌峰沒有誣陷羅獵，只是將實話說出來，可葉青虹記得他答應過自己要為羅獵作證，要為他洗刷罪名，可張凌峰卻出爾反爾，並未兌現他的承諾。

葉青虹雖然從未對張凌峰動情，可她一直都將張凌峰當成朋友。張凌峰這次的所作所為讓葉青虹大失所望，葉青虹前去問罪的途中也考慮了這件事，根據律師回饋的資訊，張凌峰的確也前往為羅獵作證，只是他的證詞對羅獵脫罪並沒有太多的作用，或許張凌峰說的都是事實，可在葉青虹看來遠遠不夠，張凌峰明明可以提供有力的證據，而且以他的身分地位，這份證詞要比其他人有力得多。

迎面一道強光直射而來，葉青虹慌忙抬起頭來，她下意識地向一旁打著方向，然而對面的那輛貨車非但沒有減速，反而加速向她駛來。

危險讓葉青虹迅速反應過來，她將檔位切入倒檔，將油門踩到最低，控制轎車全速後退，可是仍然沒能順利擺脫那輛貨車，瘋狂的貨車狠狠撞擊在轎車的前部，轎車的體量無法和貨車相提並論，因為這次撞擊而旋轉偏出，撞擊力使它脫離了道路。

葉青虹被這次撞擊震得頭昏腦脹，可那輛貨車調整方向之後繼續向這邊瘋狂駛來。

葉青虹的轎車在第一次撞擊中已經損毀熄火，她慌忙去推車門，可是車門也已經擠壓變形。

貨車再度撞擊在轎車之上，推動著轎車一起駛入前方的蘇州河內……

張凌峰被外面的吵鬧聲驚醒，他揉了揉惺忪的睡眼，想要坐起，卻被一旁陸如蘭摟住了手臂，嬌嗔道：「什麼時候了？」她聽出外面是女人的聲音，認為是張凌峰在外面沾花惹草，被人找上門來。

張凌峰卻沒那麼想，自從他去巡捕房錄完口供之後就有些內疚，雖然他說的都是實情，可他的話對羅獵並無幫助，他甚至預見到自己會因此而觸怒葉青虹，也做好了被葉青虹罵個狗血噴頭的準備，他已經購買了明天一早的火車票，準備離開黃浦。

外面的聲音應當不是葉青虹，能夠夜闖自己住處的人不多，張凌峰很快就聽到外面傳來副官焦急的聲音：「少帥，少帥，唐小姐有急事找您。」

張凌峰其實已經從聲音聽出是唐寶兒，他認為唐寶兒很可能和葉青虹一起登門興師問罪。想了想道：「你說我不在。」

「可是……可是……她說葉小姐出了車禍，連人帶車掉到了蘇州河……」

「什麼？」張凌峰如同被霹靂擊中，一骨碌從床上爬了起來。

唐寶兒看到張凌峰出現在樓梯處，馬上就衝了上去，兩名侍衛慌忙將唐寶兒攔住，唐寶兒指著張凌峰的鼻子罵道：「張凌峰，你這個忘恩負義的王八蛋，你說，是不是你，是不是你派人謀害青虹？」

張凌峰聽聞葉青虹的事情之後也是擔心不已，他慌忙道：「怎麼可能，我對青虹怎麼樣你又不是不知道，我就是傷害自己也不可能傷害她，來人，備車……」他的聲音明顯顫抖著。

葉青虹出車禍的岸邊已經有不少的巡警，現場的狀況非常慘烈，那輛製造車禍的貨車車頭沒入水中，還有一半車廂露在外面，至於葉青虹的汽車暫時還未發現，目前巡警已經沿著河水向下游展開搜索。

有幾人目睹了當時的那場車禍，根據路人的描述，應當是一場蓄意的謀殺，貨車突然就向那輛正常行駛中的小轎車撞去，連續兩次衝撞將小轎車撞出道路，撞入蘇州河中。

張凌峰在確定那輛小轎車屬於葉青虹之後，整個人宛如被人抽去了脊樑一般癱軟了，他不顧形象地蹲在了岸邊，突然感覺到胸腹間一陣翻江倒海，張凌峰吐了起來，吐得眼前一片漆黑，腦海中只有一個想法，如果葉青虹當真就這麼死了，他不會原諒自己。

劉探長來到他的身邊，等張凌峰站起的時候，將一方手帕遞給他，張凌峰擦了擦嘴道：「知不知道什麼人幹的？」

劉探長道：「還在調查車輛，目前還無法確定有人死亡。」

張凌峰道：「把你們所有的人都調來……」他轉向身後的副官：「把我們所有的弟兄都叫來，給我找人，就算把河水抽乾，我也要找到人！」他忽然感覺到背脊有些發冷，轉過身去，看到張長弓正漠然看著他。

張凌峰雖然和張長弓見過幾次面，可兩人從未說過話。

張長弓道：「如果羅獵知道，他不會放過有嫌疑的任何人，我敢保證！」

白雲飛也在第一時間收到了葉青虹出事的消息，他的內心先是一沉，不過很快就笑了起來，葉青虹出事等於將矛盾徹底激化了，他從不認為巡捕房的那個鐵籠能夠困住羅獵，羅獵之所以現在還沒有離開，就是因為羅獵有信心無罪獲釋。無論葉青虹是死是活，都證明背後的黑手將目標鎖定在葉青虹的身上，羅獵絕不會坐視不理。

白雲飛能夠斷定這一系列事件的始作俑者就是任天駿，儘管他已經離開了黃浦，可他的行動尚未結束。葉青虹事件將會把羅獵徹底激怒，白雲飛幾乎能夠斷定這場暴風驟雨必將來臨，而這也預示著自己可以暫時從焦點中擺脫出來，得到可貴的喘息機會。

「少帥！這……不好吧？」于廣龍接到這個電話感到有些突然，他不知張凌峰因何突然改變了想法。

張凌峰在電話的那一端怒吼道：「于廣龍，你給我聽著，我根本沒必要向你解釋，你的轄區在公共租界，法租界的事情輪不到你去過問，于衛國是你的侄子，身為親屬你在這場案件中應該選擇迴避，此前的證供並不完整，羅獵在救我之後，全程都和我在一起，我特媽可以作證，他不可能殺人，如果他殺人了，我就是同謀！」

于廣龍被張凌峰這沒頭沒腦的一番話給弄糊塗了，忍氣吞聲道：「少帥，有什麼事情明天再說，我跟您說的全都是大帥的意思……」

「他在滿洲，除非他親自過來對我說，否則就是你欺上瞞下。」

「少帥，我沒那個膽子。」

張凌峰情緒越發激動：「我現在就去保釋羅獵，出了任何事，我來負責。」

「少帥……這案子……牽連太廣……」

張凌峰道：「拿你們于家嚇唬我是不是？你又不是瞎子，你會看不出羅獵根本就不是殺你侄子的兇手？我現在就去，法國領事那邊我來打招呼，如果蒙佩羅知道他最喜歡的學生出了事，你們這幫廢物巡警全特媽都得滾蛋！」

張凌峰的這個電話就在法租界巡捕房打出的，打電話的時候劉探長就在一旁，他的臉色很難看，葉青虹是新任領事蒙佩羅的學生他也是剛剛才知道，張凌峰真火了，他來巡捕房堅決要求保釋羅獵。

不許羅獵保釋是于家的意思，于廣龍也在其中起到了作用，如果當初不是張凌峰讓步，誰也擋不住羅獵被保釋，葉青虹的遇害讓張凌峰徹底暴走了。劉探長也清楚這件案子中存在著太多的疑點。

嫌疑人當時受傷，而他的血跡大都滴落在周圍，雖然在殺死于衛國的飛刀上發現了嫌疑人的血跡，可是在嫌疑人和死者被殺現場之間沒有找到屬於嫌疑人的任何血跡。

在這件事上劉探長並沒有發表太多的意見，于家在黃浦勢力龐大，于廣龍又是公共租界的總巡捕，自己只是一個幌子，真正負責辦案的其實是于廣龍。

張凌峰望著唯唯諾諾的劉探長道：「你聽到沒有，我現在就要保釋羅獵。」

劉探長苦笑道：「少帥，您知道的，這件事……我做不了主……」

張凌峰一怒站起道：「誰能做主？」

「除非……除非市長大人下令放人。」

張凌峰道：「市長？」

劉探長點了點頭，于家若無強大的靠山，于廣龍又怎能踩過界來辦案。

張凌峰道：「好，我明天過來保釋，你最好給我加派人手，保證嫌疑人平安無事，如果他出了任何事，我拿你是問！」張凌峰也有無奈的時候，這裡不是滿洲，他雖然表現得非常強勢，可是在黃浦他並無讓眾人無條件服從的能力。堅持下去也不會成功，想要解救羅獵唯有從上層著手，他必須要有耐心，他不得不選擇忍耐，當務之急是儘快找到葉青虹的下落。

葉青虹在一連串的咳嗽之後坐起，她吐了一口冷水，感覺咽喉火辣辣的難受，這是被水嗆入的緣故，她的水性雖然不錯，可是當時汽車入水之後車門變形，她根本無法逃出車內。

葉青虹本以為自己在劫難逃，卻想不到自己仍然活在這個世界上，深深吸了口氣，觀察周圍的環境，周遭一片漆黑，葉青虹感到惶恐，她忽然想起此前曾經被穆三壽囚禁的事情，難道過去的一切又在重演。

穩定了一下情緒，檢查了一下自己有沒有受傷，然後小心站起身來，輕聲道：「有人嗎？」她的聲音變得有些沙啞。

沒有人回應她，葉青虹不由自主增大了聲音。

身後一盞燈光亮起，葉青虹猛然轉過身去，她看到了一整面玻璃牆，燈光在她這一邊，她看不到玻璃牆那一面的情景，葉青虹認為有人一定在對面觀察著自己，她大聲道：「你是誰？為什麼要把我關在這裡？」

一個清脆的女聲從頂部傳來：「葉青虹，還記得我嗎？」

葉青虹內心一怔，很快她就從聲音中判斷出對方身分，驚道：「蘭喜妹？」

蘭喜妹格格笑了起來：「你居然記得我的聲音。」

葉青虹道：「你放了我！」

蘭喜妹歎了口氣道：「我還以為你要感謝我呢。」

葉青虹道：「感謝你什麼？感謝你把我關在這密不透風的地牢裡面嗎？」

蘭喜妹道：「你啊，真是忘恩負義，如果不是我把你救出來，你此刻已經淹死在蘇州河裡了，就算僥倖逃出，也一樣逃不出兇手的射殺。」

葉青虹努力回憶著發生車禍的過程，她充滿狐疑地望著玻璃牆，雖然她怎樣努力都看不清蘭喜妹的樣子，眼前的玻璃牆應當是單向可視的。

果不其然，蘭喜妹看得清她的一舉一動，蘭喜妹道：「你在懷疑我嗎？」

葉青虹並未看清撞擊自己的那個司機，蘭喜妹自然也在她的懷疑之列，既然沒有看到，就沒有憑空指責的權力，葉青虹決定還是保持沉默。

蘭喜妹道：「殺手非常厲害，他怕你不死，帶著漁槍潛入水中，你所認識的人之中，有沒有人使用漁槍？」

葉青虹聽到漁槍頓時想起了老安，在她的印象中使用漁槍的人很少，老安在海石林曾經動用過這樣的武器，再聯想起白雲飛此前的那番話，已經基本可以斷定是老安無疑。

蘭喜妹道：「想殺你的人應當是任天駿了。」

葉青虹道：「你帶我來這裡又是什麼目的？」

蘭喜妹道：「沒人知道我把你帶到了這裡，你猜他們會不會以為你死了？」

葉青虹道：「你究竟是想救我還是想害我？」

蘭喜妹道：「你覺得羅獵心中究竟是喜歡你多一點還是喜歡我多一點？」

葉青虹內心一沉，隱然覺得此事不妙。

蘭喜妹道：「無論他心中怎樣想，我肯定要比你對他好得多。」

葉青虹道：「自我感覺還真是不錯。」

蘭喜妹道：「你又何必回來？如果我是你，就留在歐洲永遠不要回來。」

葉青虹道：「你是打算殺死我了？」

蘭喜妹道：「羅獵知道你的死訊之後會不會傷心？」

葉青虹沉默了下去。

蘭喜妹道：「他應該會傷心，不過他那麼堅強的人，絕不會被打倒，當初他那麼喜歡顏天心，顏天心死後還不是一樣從痛苦中走了出來？你死了，應當也是一樣，過不了多久，他可能就忘了你是誰？」

葉青虹的心中一陣難過，她明知道蘭喜妹是故意這樣說，故意在折磨自己的意志，可仍然抑制不住難過，如果她把自己關在這裡，羅獵又怎能知道自己的消息？或許羅獵真的會認為自己已經死了，他會不會很快就忘了自己？

蘭喜妹道：「就算不忘，又能如何？一個人總要開始新的生活，總要重新面對未來對不對？你不用擔心，這世上還有人疼他愛他，關心他！」

葉青虹冷哼一聲道：「你嗎？」

蘭喜妹格格笑道：「自然是我？他喜歡我，難道你看不出來嗎？」

葉青虹搖搖頭道：「他不會喜歡你，你所認為的喜歡，只是他可憐你罷了。」

蘭喜妹被葉青虹激怒了，厲聲道：「住口！」可馬上她又平復了怒氣，呵呵笑了起來：「葉青虹，你故意激怒我，害怕了是不是？**很多人都認為死是這個**

世界上最慘的事情，其實他們不知道，這個世界上比死更慘的事情還有很多。」

她向前走了一步，望著玻璃另一側的葉青虹就像觀察著一個被自己捕獲的獵物一般：「我會告訴他你死了，他一定會難過，不過我一定會陪在他身邊度過這最難捱的時光。」

葉青虹道：「真正喜歡一個人就不要欺騙他。」

蘭喜妹微笑道：「只要能夠得到他的心，又何必在乎手段呢。」

葉青虹卻越發平靜了，她輕聲道：「我已經錯過了他一次，所以我再也不會騙他。」

蘭喜妹道：「你沒機會了！」

羅獵聽到急促的腳步聲，他一直沒有入睡，本以為被關押後睡眠得到了改善，現在看來只不過是偶然現象，僅僅睡了一個好覺，失眠症又再度襲來。那陣急促的腳步聲也引起了獄警的注意，獄警起身張望，沒等看清，就被一槍射中。子彈經過消聲器射出，動靜並不大，羅獵慌忙藏身在黑暗中，可很快他就看清了來人，對方穿著巡捕的衣服，不過窈窕的身姿仍然被羅獵輕易識破了她的身分，來人是蘭喜妹。

蘭喜妹在獄警的身上踢了一腳，然後從他腰間解下鑰匙，來到囚室門前。

羅獵愕然道：「你做什麼？」

蘭喜妹道：「救你啊！」

羅獵當然知道她是在劫獄，他雖然很想離開這裡，可並不是用這種方式，如果羅獵想越獄，憑著他自己的能力完全可以離開這裡，根本不用蘭喜妹來救。羅獵低聲道：「胡鬧！」如果以這樣的方式離開巡捕房，羅獵等於是畏罪潛逃，必將成為全國通緝的要犯，而他殺死于衛國一案只怕也會被坐實，蘭喜妹現在的做法簡直是在幫倒忙。

蘭喜妹將牢門打開，望著羅獵道：「狗咬呂洞賓不識好人心，你以為他們會救你，張凌峰避重就輕根本不願為你作證，于家人買通了市長，不許你保釋，一定要將你置於死地。」

羅獵道：「事情還沒到最壞的地步。」

蘭喜妹咬了咬嘴唇道：「傻子，你根本不知道外面發生了什麼事情，葉青虹出事了，下一個就會輪到你。」

第八章

可有可無的棋子

劉尚武感到害怕的是，警方對他的保護力度開始削弱，
從早報上讀到羅獵越獄消息後，他就明白了原因。
自己已經失去價值，已經不需要自己的證據為羅獵定罪，
他不再是關鍵人物，只是一顆可有可無的棋子。

羅獵聽到她的這番話內心頓時涼了半截，他想要追問，可蘭喜妹說完就轉身離開，羅獵已經沒了選擇，唯有緊隨蘭喜妹的腳步向外走去，途中見到多名巡捕的屍體，蘭喜妹向來心狠手辣，她壓根沒打算留下活口。

按照蘭喜妹的逃跑路線，並不是從正面離開，兩人爬上巡捕房的頂樓，通往頂樓的警衛室內，兩名警衛已經先行被蘭喜妹幹掉。

在頂樓的東側，有一根鐵索和對側的小樓屋頂相連，蘭喜妹沿著鐵索走了上去，她腳步輕盈矯健，宛如飛燕凌雲，一會兒功夫就已經到達對面，羅獵搖了搖頭，也張開雙臂保持平衡踩著鋼索走了過去，蘭喜妹剛才的那番話困擾著他，他竭力不去想，先離開巡捕房再說。

進入對側小樓之後，蘭喜妹拆下鋼索，脫掉巡捕的制服，取出事先準備的衣服換上，其中一套扔給羅獵。

兩人換好了衣服，迅速走下小樓，蘭喜妹推開小樓的大門，看了看外面沒有特別的動靜，隨手拿起房門邊的一把傘，交給了羅獵。

羅獵撐起雨傘，蘭喜妹挽住羅獵的手臂，偎依在他身邊，兩人大搖大擺從巡捕房的正門經過。

巡捕房外面崗哨內的警衛看到了這對相偎相依的情侶，但是他並沒有發現異常。

羅獵向巡捕房的大門看了看，低聲道：「計畫很久了？」

蘭喜妹似乎有些怕冷，向他靠得更緊了一些，柔聲道：「從知道你被抓的那一刻，我就做好了隨時劫獄的準備。」

羅獵相信蘭喜妹並沒有撒謊：「葉青虹出了什麼事？」

蘭喜妹心中有些不舒服，可是她並未表露，小聲道：「張凌峰並沒有信守承諾提供你的無罪證據，葉青虹去找他理論的途中遭遇伏擊，連人帶車被撞入了蘇州河。」

羅獵停下了腳步，臉上的表情在瞬間凝固。

蘭喜妹道：「整個法租界的巡捕都出動了，這也是今晚巡捕房空虛的原因，可直到現在只是找到了那輛車，還未找到葉青虹。」

羅獵用力握住傘柄，蘭喜妹甚至擔心傘柄隨時會被他握碎。

蘭喜妹歎了口氣道：「其實你也不用擔心，沒找到屍體就證明她仍然活著。」

羅獵抓起蘭喜妹的手，將傘輕輕放在她的掌心，然後大步走入風雨之中。

蘭喜妹慌忙追趕了上去：「你去哪裡？」

羅獵沒有說話，蘭喜妹伸手去抓他的手臂，羅獵卻躲過她的右手，順勢將短刀從蘭喜妹的腰間抽出，森寒銳利的刀鋒直指蘭喜妹的心口，蘭喜妹緊緊咬住櫻唇，她從未見過羅獵的目光如此冷漠。她甚至感到害怕，從心底感到害怕。

羅獵用一如既往平靜的聲音道：「我去辦點事，你不要跟著我。」

蘭喜妹倔強地昂起頭：「除非我死……」

羅獵毫不猶豫地揚起短刀，向她劈落，蘭喜妹下意識地閉上雙目，再度睜開雙目的時候，發現羅獵已經在她的面前消失，蘭喜妹不由得驚慌起來，她一邊小聲呼喚羅獵的名字，一邊快步向前，希望能夠發現他的蹤影。

張凌峰回到住處的時候黎明即將到來，離開巡捕房之後，他又去了葉青虹出車禍的地方，雖然法租界出動了幾乎全部的警力，他也調動了手下可用的人手，可直到現在仍然只是打撈到了葉青虹的車，並未發現葉青虹的蹤影，活不見人，死不見屍。

張凌峰的內心中充滿了自責，葉青虹是前來找他理論的途中出事的，如果他為羅獵作證，如果他堅持保釋羅獵，或許這齣慘劇就不會發生，他喜歡葉青虹，這其中還有敬重的成分，在他所認識的女性之中，葉青虹不但秀外慧中，而且有著普通女性少有的俠骨柔腸。

羅獵救了自己的性命，這是張凌峰無法否認的事實，他提供給警方的證據雖然說的都是實話，可張凌峰刻意保留了，他完全可以為羅獵做更多的事情，葉青虹出事之後，他之所以如此激動，表現出如此的強硬，從根本上還是因為內心的懊悔和內疚，他想要補救，可一切似乎又來不及了。

張凌峰剛一進門，侍衛官就迎了過來，接過他的衣帽，張凌峰想起一件事：「陸小姐走了沒有？」

侍衛官笑了笑道：「還在。」

張凌峰皺了皺眉頭，現在他實在沒有和陸如蘭親熱的心情，他喜歡女人，可更喜歡征服的過程，一旦得到，就會產生一種失落，甚至會感覺到索然無味，張凌峰還是向自己的房間走去，陸如蘭這個女人很聰明，不過也很麻煩，畢竟她和開山幫的趙虎臣關係親密，如果趙虎臣知道他們之間的關係，肯定會引起一些不必要的麻煩。

張凌峰當然不會把趙虎臣這種江湖人看在眼裡，不過他愛惜自己的面子，這種事情若是張揚出去，終究有損顏面。

張凌峰來到門前，房門沒有關，還閃著一條縫，裡面亮著燈，看來陸如蘭一直都在等著自己。

張凌峰停了一下腳步方才推門走了進去，他看到陸如蘭就坐在床上，披散著頭髮，臉上卻不見習慣性的嫵媚表情，取而代之的卻是惶恐，張凌峰頓時覺得不對，轉身準備奪路而逃的時候，咽喉已經被刀鋒抵住，因鋒刃的寒氣張凌峰頸部的肌膚瞬間起了一層雞皮疙瘩，他嗅到了刀鋒上的血腥，也嗅到了死亡的味道。

張凌峰看到了躲在門後的羅獵，他馬上就明白羅獵因何而來，沒有呼救，沒有繼續逃走的打算，輕聲道：「我關上門。」

羅獵點了點頭，看著張凌峰將房門關上然後反鎖。

張凌峰留意到陸如蘭一直坐在那裡一動不動，宛如入定一般，應該是被羅獵制住了穴道，所以才無法動彈，張凌峰道：「此事和她無關，你不要為難她。」關鍵時刻，他也算得上是有大將風度，畢竟將門無犬子。

羅獵道：「青虹的事情是誰做的？」

張凌峰道：「和我無關，你知道的，我一直當青虹是好朋友，就算傷害我自己，也不可能去傷害她……」想到自己辜負了葉青虹的委託，張凌峰不由得一陣內疚，歎了口氣道：「我知道對不起你，可我在巡捕房所提供的證詞並無謊言，斷電之後，我的確不知道你身在何處，我雖然知道你無辜，也很想幫你脫罪，可我不能說自己沒看到的事情。」

羅獵道：「你怎麼說是你的事，我沒指望你幫我脫罪。」

張凌峰道：「是我欠你的。」

羅獵道：「不重要，青虹沒事，我不會跟你計較，如果青虹有事，我不管你跟這件事有沒有關係，張凌峰，你逃到哪裡，背景有多強，我一樣要找你算帳。」

張凌峰暗自吸了一口冷氣，羅獵這個人在任何時候都冷靜得嚇人，即便是現在仍然無法從他的表情中讀到憤怒和悲傷，不過羅獵的每句話都充滿著強大的自信，此人的確能夠做他人無法辦到的事情。

張凌峰道：「你說吧，需要我做什麼？我會傾盡全力。」

羅獵道：「青虹之事乃是任天駿幕後所為，我要你幫我查清他的下落。」

張凌峰點了點頭道：「他背信棄義，答應過我只要在黃浦不會對你們下手，此事就算你不追究，我也會追究到底。」

羅獵道：「尋找青虹的事情你須得繼續跟進施壓，只要有一線希望就不得放棄。」

張凌峰暗忖，羅獵的要求並不過分，這兩件事本來就是他想做的。

羅獵道：「菜刀會的劉尚武你應當認識。」

這句話卻是對著陸如蘭所說，陸如蘭口不能言，只能眨了眨眼睛表示認識。

羅獵道：「想辦法幫我將這個人找出來。」

羅獵從窗而來，還是從窗離去，張凌峰在羅獵離去之後，先是衝到窗前看他是否真的離去，然後方才來到床邊將陸如蘭扶起，扶著她的雙肩道：「如蘭，你沒事吧？」

陸如蘭長舒了一口氣，這才感覺手足恢復了自由，她仍然有些後怕，撲入張凌峰的懷中，顫聲道：「他……他究竟是如何進來的。」張凌峰的住處防守非常嚴密，尤其是在張凌峰遇刺之後，安防比起此前又增強不少，張凌峰曾經自誇，如果沒有他的允許，就算是一隻蒼蠅也飛不進來，可現實卻是羅獵神不知鬼不覺地混了進來，而且至今那幫護衛沒有任何的覺察。

所幸羅獵此次前來並非為了殺他們，否則兩人早已身首異處。

張凌峰道：「你沒事就好。」

陸如蘭道：「他……他知道我們的關係了。」她發自內心感到害怕，兩人的關係一旦暴露必將引起趙虎臣暴怒，羅獵剛才雖然沒有用此事威脅他們，可是讓她幫忙找出劉尚武，分明就是一種暗示。

張淩峰苦笑道：「知道又如何？他應該不會亂說。」他也不是傻子，其實心中也鬱悶得很，在葉青虹的事情上他本就極其內疚，羅獵的出現又讓他內心的負擔加重了一層。羅獵應當不是威脅自己，如果葉青虹當真遭遇不測，他會不惜代價的報復，當前唯有祈禱葉青虹平安無事了。

想到這裡他再也坐不住了，向陸如蘭道：「我還得出去看看，如蘭，我送你回去？」

陸如蘭知道他的心思，搖了搖頭道：「去忙你的吧，我自己回去。」

白雲飛聽聞葉青虹出事之後，馬上就開始收拾行李，他有種預感，黃浦已經風雨飄搖，這次的事情很可能要波及到自己，原本他還指望著和葉青虹合作，可現在已經沒可能了。

那晚出事之後，他的府邸就被巡捕給嚴密監視起來，白雲飛仍然決定逃離，不逃恐怕沒機會了，他策劃了幾條逃離的路線，一番斟酌之後，終於選定了一個方案，現在只需等待時機。

「老爺，外面有位張先生想見您。」

白雲飛道：「哪位張先生？」

「他說叫張長弓，是羅獵的好朋友。」

白雲飛當然記得張長弓，聽到羅獵的名字，他有些頭疼，想了想終於還是決定跟張長弓見上一面，應當是葉青虹的事情吧。

張長弓大步走入客廳，白雲飛從見到他第一眼起就感覺有些不妙，因為張長弓的身上帶著太強的殺氣，殺氣凜冽絲毫沒有隱藏的意思，白雲飛下意識地去拿手槍。

張長弓在距離他三米左右的地方站住，這樣的距離讓白雲飛稍稍感到心安一些，張長弓慢慢解開長衫，露出裡面環繞腰間暗藏的一圈手雷，然後道：「白雲飛，勞煩你跟我走一趟。」

白雲飛望著環繞在他身體周圍的手雷，吞了口唾沫，他向感到不妙而向張長弓圍攏過來的手下人擺了擺手道：「退下！」

白雲飛道：「去哪裡？」

張長弓道：「去了你就知道。」

白雲飛下了車，在張長弓的逼迫下他親自駕車而來，並勒令所有的手下都不得跟蹤尾隨，當他們來到黃浦郊區的這座小橋前方的時候，雨剛停。

一個身穿黑色風衣的身影靜靜站在橋上，觀望著下方平緩的水流，從側影白雲飛已經辨認出那是羅獵。

張長弓推了白雲飛一把，白雲飛的力量和張長弓無法相提並論，被張長弓推得一個踉蹌，險些摔倒在地上，他搖了搖頭，然後緩步向羅獵走了過去，很多時候暴力才是解決問題最簡單的辦法，然而通常人們都不屑於採用這種方法。

白雲飛暗自斟酌著，如果一個人擁有絕對的實力，又何必勞心勞力地去想什麼陰謀詭計？

冬日的寒風送來一股淡淡煙草的氣息，羅獵食言了，他曾經說過要戒煙，在堅持了一段時間之後卻又重新拿起，應當說這和葉青虹的遇害有著很大的關係。

白雲飛望著羅獵，他忽然呵呵笑了起來。

羅獵將煙蒂丟下碾滅，然後緩步向白雲飛走去，來到近前，白雲飛主動向他伸出手去想要跟羅獵握手，羅獵卻毫無徵兆地照著他的小腹給了他狠狠的一拳，這一拳打得毫不留情，打得白雲飛因為疼痛而躬下了身子，他張大了嘴巴用力呼吸，希望這樣能夠減輕痛苦，卻最終還是因為胸腹部劇烈的疼痛而咳喘起來。

還好羅獵並沒有給他第二拳，白雲飛雙手扶在膝蓋上，長時間地彎著腰，等到這一拳帶給他的疼痛稍稍減輕方才道：「葉小姐的事情……和我無關……」

羅獵道：「如果不是你，事情不會鬧到這樣的地步。」

白雲飛道：「是，都是我的錯！」事已至此，辯白也是無用。

張長弓道：「這種卑鄙小人，跟他多說無益，殺了他就是。」

白雲飛哈哈大笑道：「張長弓，如果不是我自己主動前來，你以為可以強迫我過來嗎？」他站直了身子，指著羅獵道：「你救過我，我也幫過你，太虛幻境的事情你為何要騙我？」

羅獵冷冷望著白雲飛道：「就因為這件事，你就要趕盡殺絕？」

白雲飛搖了搖頭道：「對你們趕盡殺絕的不是我，是任天駿，是！塔樓上的槍手是我佈置的，可我要殺的是任天駿，那天的目標根本不是你們！」

張長弓怒道：「你放屁，滿口胡言。」

白雲飛道：「我騙你們又有何意義？你們回來之後，我的確想過要和任天駿合作，因為我覺得你們欺騙了我，戲弄了我，可是任天駿拒絕了我的好意，非但如此，他還利用我本來的身分要脅我。」

羅獵道：「因此你對他產生了殺念？」

白雲飛點了點頭。

羅獵道：「因為我們和任天駿本來的矛盾，任天駿若是被殺，我們就會成為最大的嫌疑人，你打得一手如意算盤。」

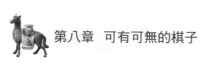

白雲飛沒有否認，依然點了點頭道：「螳螂捕蟬黃雀在後，我想算計別人，可最後卻被別人設計，我沒有料到老安竟然被任天駿收買。」

羅獵從白雲飛的話中已經推斷出問題果然是出在老安的身上，以他對老安的瞭解，如果不是被任天駿抓住了弱點進行要脅，老安應當不會服從，老安的最大弱點就是海明珠。

無論老安背後有多少隱情，有多麼無奈，他的行為都是不可原諒的，羅獵已經下定了決心，若是讓他找到老安，一定會毫不猶豫地將他剷除。

白雲飛似乎猜到了羅獵的心思，歎了口氣道：「我比你更加恨他，我現在的困境就是他造成的。」

羅獵道：「你的困境是你自己造成的，和任何人無關。」

白雲飛道：「你想怎麼做？殺我？就算你殺了我也改變不了發生的事實。」

羅獵道：「至少可以減輕一些心頭的仇恨。」

白雲飛道：「我有劉尚武的消息。」他從羅獵的目光中看到了前所未有的果決，想要讓羅獵暫時放下對自己的敵意，唯有拿出一些可以讓他心動的消息。

羅獵將信將疑地看著白雲飛。

白雲飛道：「在葉小姐出事之前，她已經料到背後的黑手是誰，她委託我去找劉尚武，並將之剷除。」

羅獵心中一陣感動，葉青虹讓白雲飛找到並剷除劉尚武，目的應當是消除對自己不利的證據，如果劉尚武死了，那麼他所有對自己的指控和所謂的證據就不復存在了。可現在葉青虹杳無音訊，蘭喜妹的這次劫獄讓原本混亂的局勢越發錯綜複雜。現在就算殺掉劉尚武，自己也難以脫罪。單單是殺死巡捕逃獄，這件罪名已經足夠判自己死刑了。

白雲飛道：「我可以幫你找到劉尚武。」

在羅獵越獄之前，劉尚武一直都是警方的重點保護對象，可在羅獵越獄之後，一切發生了轉變，在這次的越獄過程中共有五名巡捕被殺。而且發生在法租界，性質之惡劣前所未有。越獄發生之後，偵破于衛國被殺一案已經不再是重點，因為無需偵破，越獄本身就已經將此案坐實。

劉尚武早已成為驚弓之鳥，他雖然迫於壓力成為警方證人，可並不代表著有警方的保護就可高枕無憂，羅獵的手段他是見識過的。真正讓劉尚武感到害怕的是，警方對他的保護力度明顯開始削弱，當劉尚武從早報上讀到羅獵越獄的消息之後，他馬上就明白了原因。自己已經失去了價值，已經不需要自己的證據為羅獵定罪，他不再是關鍵人物，只是一顆可有可無的棋子。

劉尚武陷入極度的惶恐之中，而很快就證明他的擔心並不是多餘的，就在羅獵逃獄的當天下午，一群陌生人進入了他藏身的酒店。負責保障他安全的兩名便衣幾乎沒做出反抗就被人射殺當場，聽到動靜後的劉尚武頓感不妙，跳窗逃走。

劉尚武疲於奔命的時候，前方出現了一輛轎車，車門打開，裡面的人向他招手道：「快上車！」

已經無可選擇的劉尚武想都不想就衝入了汽車內，他剛剛上車就被幾支冰冷的手槍抵住了腦袋，劉尚武完全放棄了反抗，舉起雙手道：「別殺我，你們讓我做什麼，我就做什麼！」

小教堂已經被查封，葉青虹位於黃浦的所有物業都被警方搜查了一遍，然而警方還是沒有任何的發現，新聞卻沒有一刻停歇，記者們掌握的情況好像比巡捕們更多，各方消息層出不窮，其中有關於發生在穆府的謀殺，有發生在巡捕房的越獄，最離譜的是，很多消息都將矛頭直接指向了于家，說越獄是于家一手策劃，目的是要給羅獵這個重大嫌疑人落罪，因為缺少必要的證據。甚至連于家通過關係讓市長施壓，不許羅獵保釋的事情也掀了出來。

其中最引人注目的是劉尚武的一篇訪談，他坦白了迫於于家壓力誣陷羅獵的事情，並向報社提供了親手畫押的證據，還有拿著證據的照片。這些新聞讓黃浦眾說紛紜，輿論導向從來都是一股不可忽視的力量，不少人從開始確信羅獵是個殺人兇手動搖了。

警方在黃浦進行大肆搜捕的時候，羅獵正靜靜坐在大華戲院看戲，一旁的座位始終空著，直到戲演了一半的時候，蘭喜妹方才到來，在他的身邊坐下後，蘭喜妹望著舞台道：「戲快演完了？」

羅獵道：「你晚了一個小時。」

蘭喜妹笑了起來：「難得你對我那麼有耐心，我聽說男人等女人是天經地義。」

羅獵道：「早就想走了，可又沒什麼地方好去，所以還是留下來看戲。」

「演的什麼？」

羅獵目不轉睛地望著舞台道：「你請過來的，居然不知道唱的什麼戲？」

蘭喜妹道：「人家只是想見你，唱什麼戲都無所謂，反正見到你就好。」

羅獵沒說話，從懷中抽出香煙，叼在嘴裡，並未點燃。蘭喜妹詫異地看了他一眼道：「你又抽煙了？」

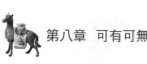

羅獵道：「再生緣！」

蘭喜妹道：「不是已經戒了？」

「你說人會不會有輪迴？」

兩人你一言我一語，誰也沒有回答對方的問題。

蘭喜妹突然停下說話，目光回到舞台上，似乎專心看著這場未完的戲，兩人誰也不再說話，直到這場戲散場，蘭喜妹站起身來，羅獵隨著她一起走出戲院。

夜色深沉，大街上行人不多，蘭喜妹指了指前面道：「陪我走走。」然後她不由分說地挽住了羅獵的手臂。

羅獵陪著她向前方走去，前方的鐘樓開始鳴響，已經是晚上十一點。羅獵吸了口清冷的空氣道：「這種感覺好像被人綁架一樣。」

蘭喜妹道：「別忘了是誰把你從巡捕房救出來。」

羅獵笑了起來，這笑容在蘭喜妹的眼中滿懷深意，兩人都是明白人，蘭喜妹導演的這場劫獄雖然暫時讓羅獵獲得自由，可事實上卻將羅獵拖入更深的泥潭，剝奪了羅獵證明清白的機會。

羅獵惜字如金道：「謝謝。」

蘭喜妹道：「不用謝我，其實咱們根本不用說謝，別說是為你深入虎穴，就算為你死，人家也甘心情願。」

羅獵停下腳步：「我受不起！」他忽然捧住蘭喜妹的俏臉，低頭吻住她的櫻唇，蘭喜妹無論如何都沒有想到他會做出這樣的舉動，整個人瞬間石化，腦海中一片空白，而此時遠處有兩名巡捕走過，蘭喜妹方才明白羅獵不是情之所至，壓根是拿自己當掩飾身分的道具。

她不由得想起當初協助羅獵氣走麻雀的情景，兩人之間的親吻為何總是在做戲中開始。

巡捕朝這邊看了一眼，感歎當今時代民風開放，卻沒有產生懷疑，誰也沒有想到這對熱戀中的男主角就是正在被全城通緝的要犯。

巡捕走遠之後，蘭喜妹用力推開了羅獵，然後揚起手，她感覺自己受到了侮辱，有種狠狠給羅獵一記耳光的欲望，可手掌落下去卻改成狠狠捏了羅獵的面頰一下，啐道：「無恥，你利用我。」

羅獵抓住她的手，雙目仍然盯住蘭喜妹的雙眸，低聲道：「你的消息很靈通，從葉青虹出事到你前來巡捕房救我，只相差不到兩個小時。」

蘭喜妹內心一沉，她意識到羅獵對自己產生了懷疑。

羅獵道：「如果不是青虹出事，我未必會跟你逃走。」

蘭喜妹道：「看來在你心中我始終比不上她重要。」

羅獵道：「連張凌峰都無法順利探監，你卻能夠從容進入，這件事是不是讓人感到奇怪？」

蘭喜妹道：「因為崇洋媚外的人太多。」

羅獵搖了搖頭道：「那裡是法租界巡捕房。」

蘭喜妹道：「你懷疑我？你認識我那麼久，我何時害過你？」

羅獵道：「每個人身上都有特定的氣息，我恰恰能夠看到一些別人看不到的東西，青虹在你手上對不對？」

蘭喜妹仍然在堅持：「你胡說什麼？是不是腦子糊塗了？」

羅獵道：「我仔細調查過那晚的事情，在當時的狀況下，警方並未向外公佈消息，你何以在第一時間知道是葉青虹出了事？除非你一直跟蹤她，又或是追殺她的人就是你。」

蘭喜妹道：「我跟蹤她不可以嗎？」

羅獵道：「你跟蹤她就不會見死不救！」

蘭喜妹怒道：「我當然會見死不救，我之所以落到今日全都拜她爹所賜，奕動害死了我爹，奪走了我應有的一切，現在他的私生女又要奪走我的愛人！」

羅獵平靜望著蘭喜妹，蘭喜妹抬起腳憤怒地向羅獵的腳面踩去，羅獵不為所動，抓住她的手腕卻越來越緊。

蘭喜妹被觸怒了，她失去了理智，抓住羅獵的手腕狠狠咬了下去。

羅獵道：「剛才我吻你的時候催眠了你，你腦海中只是片刻的空白，可時間卻過去了十分鐘。」

蘭喜妹已經咬破了羅獵的肌膚，嘗到他血液中鹹澀的滋味，聽到羅獵的話，她抬起頭，櫻唇上沾著羅獵的鮮血，更映襯得肌膚雪樣潔白，眼淚在她的雙目中打轉，緊咬櫻唇道：「羅獵，你好卑鄙！」

羅獵道：「彼此，彼此！」

蘭喜妹抽噎了一下道：「是，是我抓了葉青虹，怎樣？我就是要你見不到她，我就是要你永遠都見不到她！」她感覺自己空前的脆弱，雖然想在羅獵面前表現出堅強狠辣的姿態，可眼淚卻不爭氣地流了下來。

羅獵歎了口氣，居然掏出一方手帕遞給了她，蘭喜妹搶了過去，擦去臉上的眼淚，然後扔在地上，狠狠踩在腳下，可剛剛擦乾的淚水又流了出來。她抬起頭，試圖以這樣的方式讓眼淚停止流淌，卻看到了鐘樓上的時間，時間只不過剛剛過去了三分鐘，除去他們剛才交談的時間，自己腦海中的空白只不過是幾秒的事情，蘭喜妹的脊背下意識地停止了，她忽然明白自己中計了，羅獵在詐自己，這個狡詐的混蛋，竟然用這樣的手段對付自己，讓自己誤以為被催眠，承認了抓葉青虹的事情。

蘭喜妹用力抽了一下鼻子，然後格格笑了起來：「我演的好不好？」

羅獵點了點頭道：「好！帶我去見葉青虹。」

蘭喜妹歎了口氣道：「我剛才都是在騙你。」

羅獵道：「我沒騙你，我聞得出她身上的味道。」

蘭喜妹鳳目圓睜，指著羅獵的鼻子罵道：「好你個無恥下流的東西，你竟然……」

羅獵道：「你也一樣。」

蘭喜妹的臉有些發熱了，她知道自已的心機已經全部被羅獵識破，在他面前一敗塗地，她顯得有些忸怩，就像一個涉世不深的小姑娘，雙手的十指糾結在一起，跺了跺腳，然後點了點頭：「好吧！」

羅獵抬起手臂，示意他們繼續將情侶的角色扮演下去。可突然蘭喜妹卻尖叫了起來：「來人啊！救命！救命！」

遠處的巡捕被驚動，全都向這邊看來，羅獵頭皮一麻，他不得不逃，若是繼續留下只怕會被這幫巡捕包圍，急促的哨聲響起。

蘭喜妹向羅獵道：「傻子，還不快逃，我幫你擋著他們。」這會兒她還在繼續當好人，羅獵唯有向右側的黑暗巷口逃去。

聽到蘭喜妹的聲音，葉青虹甚至懶得回應，有和她鬥嘴的功夫不如琢磨如何逃出困境。

蘭喜妹道：「我剛才見到羅獵了。」

葉青虹雖然非常想知道羅獵的消息，可卻強忍住沒有發聲，因為她知道蘭喜妹很可能又在設置一個圈套。

蘭喜妹道：「他已經越獄了。」

葉青虹愣了一下，羅獵若是越獄豈不是坐實了罪名，那麼以後他只能做一個亡命天涯的逃犯了。

蘭喜妹道：「他實在是個狡猾的傢伙，我估計要不了太久，他就會找到這裡。」說這話的時候蘭喜妹的唇角帶著笑意，她非但沒有生氣，反而有些開心和驕傲，她沒有喜歡錯人，羅獵一直都是那麼優秀，被自己喜歡的男人套出話來不丟人。

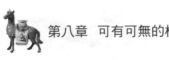

葉青虹道：「他知道我仍然活著？」

蘭喜妹道：「那又如何？他現在是全國通緝的逃犯，泥菩薩過江自身難保，又哪還能顧得上你？」

葉青虹道：「一定是害他對不對？」

蘭喜妹道：「只能是我害他，除了我之外，誰敢害他，我就要誰死無葬身之地！」

葉青虹道：「你是不是想殺了我？」

蘭喜妹搖了搖頭道：「我非但不會殺你，還會放了你。」

葉青虹才不會相信她的話，可蘭喜妹說完這番話之後，許久都沒有再開口，葉青虹終忍不住心中的好奇：「你還在嗎？」房間一角的牆面突然移動開來，原來是一扇隱藏的房門，葉青虹慌忙從門洞中走了出去。

前方不遠就是木質階梯，葉青虹沿著台階一路向上，推開大門走出地面，方才發現外面一片漆黑，周遭石碑林立，從前方聳立的教堂尖頂能夠判斷出，她應當被關在教堂附近的墓園中。

葉青虹看了看周圍，正準備快步離開，卻發現前方似有光芒，她擔心來人對自己不利，慌忙藏身在一塊石碑之後。

遠方的身影越來越近，葉青虹悄悄望去，卻見夜色中那人的身材高大而挺拔，手中電筒的光束在四處尋找著什麼，突然光束停頓在那裡，聽到一個熟悉而溫暖的聲音道：「青虹，是你嗎？」

葉青虹用激動的顫抖聲音回應道：「羅獵，我還以為再也見不到你了……」她不顧一切地從藏身處站起來衝了出去，撲入羅獵寬闊溫暖的懷抱中，素來堅強的葉青虹此時再也止不住眼淚，任憑淚水在臉上肆意奔流。

羅獵抱著葉青虹，一顆懸著的心總算落地，他留意到一個紅色的光點正落在葉青虹的頭頂，羅獵心中一緊，抱著葉青虹轉動身軀，用身體擋住那個光點。

不遠處土坡上，蘭喜妹藏身在樹叢之中，手中的狙擊槍瞄準了葉青虹的腦袋，只要她扣動扳機，就能將葉青虹射殺在羅獵的懷中，可是她剛才並沒有這樣做，現在羅獵用身體護住了葉青虹，她更加不會這樣做。

蘭喜妹咬了咬櫻唇，用只有自己才能聽到的聲音道：「負心漢，你逃不出我的掌心！」

葉青虹的平安歸來讓許多人都鬆了口氣，然而葉青虹對她失蹤期間發生的事情一概不提，于家關心的並不是葉青虹的死活，他們更關心羅獵的下落，羅獵的這場逃獄給了法租界巡捕一個完美的結案藉口，將所有的罪責一併推到了羅獵的身上。

白雲飛僥倖逃過一劫，葉青虹甚至沒有提起老安追殺她的事情，在葉青虹回歸之後，白雲飛只是派人送去了一束鮮花作為問候，並沒有親自登門慰問，有些事情心照不宣，白雲飛明白，羅獵之所以沒有報復自己，將自己拖入泥潭，根本的原因是因為他也要利用自己現在的勢力，只要自己不倒，任天駿在黃浦就不可能再泛起什麼風浪。

任天駿這次的行徑已經和自己結下了深仇，自己和任天駿是不可能再合作了。不僅僅是因為利益，更因為白雲飛對羅獵產生了深深的畏懼感，他會時不時想起羅獵的眼神，深邃不可捉摸，一旦觸及了他的底線，羅獵會不計任何手段實施報復。

葉青虹平安返回不久，劉尚武的屍體就在蘇州河內發現，此人已經沒有了價值，他的證詞也失去了重要意義。劉尚武死後，群龍無首的菜刀會就此分裂，大部分成員都轉而投奔了白雲飛，還有小部分人投奔了趙虎臣的開山幫，菜刀會這個名字自此從黃浦抹去。

張凌峰在聽聞葉青虹平安回歸後，居然也沒有去探望這位老朋友，甚至連花都沒有送，他匆匆離開了黃浦，據說是家中有事，父親張同武將他急電召回。

因為命案發生在穆府，白雲飛又是舞會的舉辦者，他也因此而擔責，向于家做出了賠償，與此同時，關於白雲飛本來身分的傳言也塵囂而上，白雲飛針對此事特地做出聲明，在他發出聲明後不久，如願當選為法租界新任華董。

連開山幫的趙虎臣都不得不佩服白雲飛的手段，經歷了這麼大的風波，他居然還能夠屹立不倒，此人的手段不次於穆三壽在世。當然趙虎臣也不會善罷甘休，白雲飛為了平息他的怒氣，暫時擱置矛盾，轉讓了一家戲院和一家碼頭，作為對他的賠償，總算將趙虎臣穩定了下來。

這起事件的始作俑者任天駿也沒有閑著，他在返回贛北的途中，麾下發動兵變，幸虧一幫舊臣力保，方才平定叛亂，力保他的統治地位，而此時，一直在旁邊覬覦已久的湘水軍閥崇基江趁機向他們發動戰事，剛剛平息內亂的任天駿再度陷入戰爭之中。

這本來就是一個混亂的時代，戰爭層出不窮，大事件層出不窮，軍閥割據，各方勢力混戰，正因為此，一起殺人案並不會在人們的記憶中存留太久，一張通緝令哪怕是全國通緝，也不會引起太多人的注意，畢竟在這樣的年代從不缺乏惡行殺人案，更不缺乏全國通緝的逃犯，黃浦發出的全國通緝令，一旦到了別人的勢力範圍，其影響力和注意力就會大幅削弱。

時間會洗刷掉許多印記，許多人，許多事隨著記憶會如照片般漸漸褪色。

葉青虹端著紅酒，望著眼前初春的園林，一切都已恢復了平靜，她的博物館開始復工，似乎什麼都沒有改變，只是身邊沒有了羅獵。她看到工地現場正在忙碌的張長弓，張長弓留下不僅是為了給她幫忙，更重要的是為了負責她的安全。

沒有人知道羅獵去了哪裡，就連葉青虹也不知道，或許他仍在黃浦，或許他去了海外，羅獵做事向來神龍見首不見尾，距離事情發生已經過去了一個多月，警方對葉青虹的監視始終沒有放鬆，這也是葉青虹不得不留在黃浦的原因。

張長弓收到了一封信，放下手頭的工作來到葉青虹的面前。葉青虹習慣性地問道：「有他的消息了？」隨著時間的推移，她的期待也變得越來越少，因為她明白，還沒到羅獵現身的時候。

張長弓搖了搖頭道：「阿諾，裡面土不土洋不洋的，我也看不太懂。」他還是謙虛了，其實他一個字都看不懂，畢竟阿諾的這封信是用英文寫的。

葉青虹笑著接過那封信，看完之後道：「阿諾要來黃浦。」

張長弓笑道：「太好了。」隨即又道：「可惜羅獵不在。」

葉青虹道：「我總覺得他去了滿洲。」

張長弓道：「他做事從來都是這個樣子。」看到葉青虹臉上的牽掛，他安慰道：「其實他應當是不想給咱們添麻煩，只要情況允許，一定馬上跟你聯繫。」

葉青虹笑了笑，將杯中的紅酒飲盡：「或許，我在他心裡本沒那麼重要。」她想起了顏天心，如果自己和顏天心易地而處，不知羅獵還會不會連一聲交代都沒有就毅然離去。

對別人感情的事情，張長弓沒有任何發言權，雖然羅獵是他的朋友，張長弓道：「還有不少的偵探在跟蹤咱們。」

葉青虹道：「讓他們盯著唄，總有疲倦的時候。」

張長弓點了點頭，那些偵探之所以跟蹤，其目的無非是想通過他們找到羅獵，一旦他們喪失了耐心就會放棄繼續跟蹤，不過這需要等待。

葉青虹道：「我收到消息，安藤賢一明天就會來到黃浦。」

張長弓的臉上露出欣慰的笑容，安藤賢一是安藤井下的兒子，上次出海，安藤井下給與他們不小的幫助，安藤井下最大的牽掛就是他的兒子，所以將此事委託給他們，如今他們找到並將安藤賢一安全帶回，終於完成了安藤井下的囑託，對於這位救命恩人算是有了交代。

張長弓道：「我去接他。」

葉青虹道：「不知安藤先生去了哪裡？」安藤井下在他們前往黑堡之時就已

經失蹤，直到現在都沒有任何消息。因為安藤井下的特殊身分，安藤賢一的事情一直進行得相當隱秘，接受安藤井下的委託，也等於接受了一個天大的責任，他們無法斷定是不是還有人在關注安藤賢一，此次將安藤賢一帶走，會不會引起日方的懷疑。

張長弓道：「他被宣佈死亡那麼多年，應當不會有人再關注。」

葉青虹搖了搖頭道：「藤野家族很不簡單，我總覺得黑堡的事沒有完結。」

張長弓道：「你打算怎麼辦？」

葉青虹道：「我打算將這孩子送去歐洲完成學業，也唯有如此才能確保他的安全。」

張長弓道：「歐洲？」

葉青虹點了點頭道：「我會親自去一趟。」繼續留在黃浦也要在警方的監視之下，葉青虹也想利用這次的機會擺脫警方監視。

張長弓道：「也好，有羅獵的消息，我會儘快通報給你。」

白雲飛坐在臨安郊外明溪的搖櫓船上，船頭茶桌上泡著新採摘的龍井，杯中的茶色和周圍的綠色樹影相映成趣，白雲飛端起一杯茶品了一口，向船頭站著的那名身穿長衫，負手而立的男子道：「喝杯茶吧！」

男子轉過頭，居然是失去音訊許久的羅獵，羅獵微笑點了點頭，來到茶桌前坐下，撚起潔白如玉的茶盞，品了口新茶道：「白先生怎麼有空？」

白雲飛道：「出來透透氣，最近事情不少，心情煩悶，總想找個人聊聊。」

羅獵道：「麻煩不是已經解決了？」

白雲飛歎了口氣道：「總覺得對不住你。」

羅獵道：「有些事不必太過放在心上，塞翁失馬安知非福，如果不是因為這件事，我還難得擁有這樣的清閒，遊山玩水，不亦樂乎。」

白雲飛道：「我也曾經想過衣食無憂平淡一生，可像我這樣的人也只能想想罷了。」

羅獵道：「因為你管不住自己的心，想要的太多。」

白雲飛道：「人在江湖，身不由己。」

羅獵道：「多數人都喜歡往上爬，卻忽略了腳下，沒看到自己在爬高的同時有人在悄悄撤去你身後的梯子，等你想要回頭，已經來不及了。」

白雲飛道：「我沒想過回頭。」

羅獵道：「還想長生嗎？」

白雲飛笑了起來，現在回想起來，長生只不過是一個不切實際的笑談。其實他應該滿足，在津門風波之後就應當看破一切，上天對他已經不薄，這世上有太多人被打落凡塵，一蹶不振，再也沒有東山再起的機會，甚至會丟掉性命，幾場風波，他都在最後關頭轉危為安，上次穆府血案之後，白雲飛突然就大徹大悟了，他得到的已經夠多，貪心不足蛇吞象，人若是太過貪心，連上天都會鄙視。

白雲飛道：**「一個人如當真可以長生不死，那麼他的人生該多麼無趣啊。」**

第九章

歷史的捍衛者

羅獵發現自己在不知不覺中已經成為歷史的捍衛者，
炸毀黑堡，消除藤野家族基因改造計畫的隱患，
就出於這樣的目的，如果藤野家族的計畫完成，
那麼這個世界將陷入如何恐怖的境地。

羅獵認為白雲飛未必是心裡話，應該是新近發生的事情讓他心灰意懶，等他一切穩定下來，或許還會重新生出野望。

白雲飛道：「我沒有找到老安。」

羅獵點了點頭，老安很不簡單，無論是武功還是謀略都出類拔萃，在葉青虹平安歸來之後，羅獵對老安的恨意也減輕了幾分，至少沒有造成惡果，老安倒戈的原因必然是因為海明珠。

羅獵能夠理解他的所為，但是不會原諒他的做法，如果讓他找到老安，一定會為葉青虹討回這個公道。

白雲飛道：「任天駿正在忙於打仗，短時間內應當無法兼顧別的事情了。」

羅獵道：「他不會再有機會。」

白雲飛道：「葉青虹去歐洲了。」

羅獵點了點頭，表情上並未有任何改變。白雲飛有些好奇道：「你好像對這件事並不關心呢。」

羅獵笑了起來，他最為關心的是葉青虹平安與否，至於他之所以現在沒有和葉青虹聯絡，是因為埋伏在葉青虹身邊眼線眾多，她的一舉一動都會被人嚴密監視，這種時候，沒必要增添麻煩。

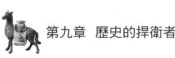

葉青虹選擇返回歐洲，應當和這件事有關，暫時離開黃浦可以擺脫那些跟蹤者，羅獵相信不久以後，葉青虹還會回來。

白雲飛道：「風頭已不像過去那般緊，不過短期內最好還是不要回黃浦。」

羅獵道：「看來我要將殺死于衛國的罪名繼續背負下去。」

白雲飛歎了口氣道：「此事是我對不起你。」他從懷中取出一個瓷瓶，輕輕放在羅獵的面前。

羅獵看得真切，這瓷瓶正是當初他們在圓明園地宮內發現的那個，他還曾經用瓷瓶內的液體腐蝕黃金板，只是當時並未對瓷瓶本身提起足夠的重視，後來才知道瓷瓶內壁藏有地圖，白雲飛後來發現了這個秘密，方才引出委託他們前往橫濱附近海域尋找太虛幻境的事情。

白雲飛道：「這瓷瓶你應當認得。」

羅獵點了點頭。

白雲飛道：「這東西對我而言已經沒有任何用處。」

羅獵道：「你是要送給我？」

白雲飛點了點頭，羅獵此時方才相信白雲飛剛才所說的對長生不老失去了興趣居然是真的。羅獵道：「可能是個麻煩。」

白雲飛笑道：「無論是什麼，總之和我無緣，羅老弟若是不想要就扔到水裡，讓其中的秘密永遠沉沒。」

羅獵拿起那瓷瓶作勢要投入水中，發現白雲飛的表情古井不波，果然對這瓷瓶已沒有任何關注，羅獵道：「那我還是留下，總不能拂了你的好意。」將瓷瓶收好之後又道：「匹夫無罪，懷璧其罪。」

白雲飛道：「天知地知你知我知，如果還有第三人知道，必然是我出賣你。」

兩人目光相遇同時大笑起來。

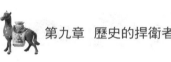

羅獵道：「多謝白兄這段時間的款待，此地風光秀美，生活安逸，我本想多盤桓幾日，怎奈還有一些俗事未了。」

白雲飛道：「羅老弟要去什麼地方，我來安排。」他將一旁的公事包拿過，打開之後從中取出幾分文件：「羅老弟需要的所有文件手續全都在這裡。」

羅獵接了過來，裡面是白雲飛托人為他偽造的全套身分證明。羅獵打開其中的士官證，輕聲道：「張富貴！好俗氣的名字。」

白雲飛笑道：「平安就好。」

羅獵並不擔心所謂的全國通緝，于家的勢力雖大，可其影響力畢竟有限，離開黃浦，這張通緝令的威力就大打折扣，更何況當今正是一個動亂的時代，多半人們都在為溫飽和安危奔波，可謂是自顧不暇，哪還顧得上什麼通緝犯。

羅獵身穿軍服拎著皮箱大搖大擺地走上火車，在火車站前他已經看到數張通緝令，居然從中找到了屬於自己的那一張，可能是因為風吹日曬雨淋，如果不是辨認出上面的名字，根本不知道那張上面的畫像是誰。

白雲飛為羅獵安排的非常周到，羅獵進入一等車廂，列車員殷勤地將他請入七號包廂內。

初春的江南天已經開始感到熱了，羅獵摘下軍帽，拿起一張報紙，閱讀最近的新聞。

贛北和湘水的軍閥為了爭奪地盤戰事不斷，根據新聞上說，贛北一方最近打了勝仗，由此看來任天駿在軍事方面還很有一套。滿洲也發生了激戰，張同武和徐北山為了爭奪滿洲的控制權，在蒼白山一帶激烈爭奪，因為山區地勢的緣故，他們之間並沒有展開大規模的戰鬥，多半的爭奪都是通過當地土匪在進行。

羅獵望著佔據報紙多半篇幅的內戰報導，不由得皺起了眉頭，神州大地，戰火紛飛，這些軍閥為了爭奪地盤和權力，不惜令生靈塗炭，讓百姓流離失所，渾然不顧外敵侵入，甚至有些軍閥還勾結外敵。

對於未來的瞭解，讓羅獵擁有著和常人不同的歷史觀，知道歷史如何發展，卻只能眼睜睜看著，任由一切的發生，無法插手去改變，歷史本應遵循著其原有的軌跡，羅獵發現自己在不知不覺中已經成為歷史的捍衛者，炸毀黑堡，消除藤野家族基因改造計畫的隱患，就出於這樣的目的，如果藤野家族的計畫完成，那麼這個世界將陷入如何恐怖的境地。

火車緩緩啟動，房門被人從外面推開，一個胖乎乎的男孩跑了進來，向羅獵神神秘秘做了一個噤聲的手勢，然後極其熟練地鑽入了床下。

羅獵不禁笑了起來，這頑皮的孩子一定在跟人捉迷藏，果不其然，沒過多久就聽到一個女人的呼喊聲：「家樂，家樂，你給我出來。」

聲音非常焦急，因為火車剛剛啟動的緣故，那女人應該相當著急，因為不知道那孩童到底有沒有上車，過了一會兒，聽到敲門聲，一個滿臉驚慌的中年女人出現在門前，她向羅獵道：「對不起，先生，請問您有沒有見到一個男孩，八九歲的樣子，白白胖胖……」

從羅獵的目光中她得到了某種暗示，躬下身去，看到了那躲藏在床底的男孩，女人長舒了一口氣道：「小祖宗，你就快把我嚇死了。」

那叫家樂的男孩歎了口氣道：「沒意思，沒意思！」他從床底爬了出來，指著羅獵道：「叔叔，是不是你出賣我？」

「家樂，不可以沒有禮貌！」女人呵斥道。

羅獵不以為意地笑了笑，伸手摸了摸那男孩的頭頂道：「我連話都沒有說過，如何出賣你？」

家樂的注意力卻被羅獵腰間的手槍所吸引，雙目熠熠生光道：「叔叔，手槍給我看看唄。」

「家樂！」女人忍不住又斥責道。

羅獵當然不會把一把手槍交給一個孩子，儘管這孩子充滿了渴望和好奇，那女人再次向羅獵道歉，總算將那頑皮的孩子給拖走了。出於禮貌，羅獵將他們送出門外，火車的走道上，一個帶著圓頂禮帽，一身英倫打扮的男子轉身望來，當他的目光和羅獵相遇，兩人都是一怔，雖然他們兩人都換上了和平日不同的裝扮，兩人還是在第一眼就認出了對方。

羅獵萬萬沒有想到會在這裡遇到宋昌金，他和這位三叔在甘邊分手之後就再也沒有聯繫過，羅獵的第一反應就是宋昌金出現的地方必不尋常。

宋昌金和這位侄子想到了一處，兩人對望了幾秒鐘之後，宋昌金低下頭，居然轉身走了，壓根沒有和羅獵打招呼的意思。

羅獵也打消了走過去和他寒暄的念頭，心中暗自琢磨，難道宋昌金知道了自己的事情？又或是他有不得已的苦衷，所以現在不便和自己打招呼？

中午用餐的時候，羅獵發現宋昌金先於自己坐在那裡，餐廳大都已經坐滿了，羅獵來到宋昌金面前，禮貌地詢問道：「先生，請問這裡有人嗎？」

宋昌金笑了笑：「請坐！」

羅獵坐下，向侍者要來菜單，點餐之後，望著宋昌金的兩撇八字鬍，不由得笑道：「鬍子不錯。」

宋昌金笑道：「好不容易才留起來的。」他用餐巾擦了擦唇角，而後繼續對付盤子裡的牛排。

羅獵發現宋昌金對刀叉的運用非常純熟，侍者送來了他的午餐，宋昌金瞥了一眼道：「吃素啊！」

羅獵道：「最近胖了不少，所以控制一下飲食。」

宋昌金看到侍者離去，方才低聲道：「聽說你殺了人？」

羅獵笑道：「你信嗎？」

宋昌金道：「我信不信沒所謂，關鍵是別人信不信。」

羅獵道：「記得你好像是已經退出江湖了？」他看了看宋昌金的那雙手，

宋昌金的右手上帶著一顆黃燦燦的金戒指，雖然算不得特別名貴，可看起來很俗氣，很有暴發戶的氣質。

宋昌金道：「的確退出了，這次是去滿洲散心。」

羅獵充滿懷疑地望著他。

宋昌金被他看得有些心虛了，他放下刀叉，擦了擦嘴唇，大鬍子雖然威風，可吃飯的時候多有不便，他低聲道：「你也是去奉天的？」

這輛車的終點的確是奉天，羅獵也沒瞞他，本來就沒有中途下車的打算。

宋昌金歎了口氣道：「我就知道你不會錯過這次的事情。」

羅獵心中一怔，看來宋昌金前往奉天果然是另有目的，老奸巨猾的這位三叔聰明反被聰明誤，以為自己也跟他一樣。

羅獵道：「我只是沒想到你也會參與進來。」

宋昌金道：「元宗金身現世，我怎麼都要去親眼看看。」

羅獵聽到元宗金身的時候，頓時想起了爺爺曾經給他講過的一個故事，元宗乃是傳說中的一位活佛，據說這位活佛乃是靈猿悟道，還有人說這位元宗就是傳說中的孫悟空。

羅獵道：「你當真相信這種荒誕的傳說，」

宋昌金道：「只是好奇，三泉圖中就有元宗的畫像。」

三泉圖乃是羅家祖上傳下來的秘圖，其中包羅萬象，不僅有探寶巡幽的秘技，還有羅家祖祖輩輩所見到的奇珍異獸。

兩人正在說話，剛才闖入羅獵包廂藏身名叫家樂的小男孩蹦蹦跳跳走了過來，這孩子壓根不認生，看到羅獵，笑嘻嘻主動走了過來：「叔叔，吃飯呢。」

羅獵笑道：「是啊！」

那中年婦女隨後走入餐車，本想斥責家樂又打擾人家，可目光落在宋昌金臉上，神情頓時一變，宋昌金看到那中年婦女也是一怔，下意識地將頭低了下去。

中年婦女拽住那男孩道：「家樂，別打擾這位先生吃飯。」她向羅獵抱歉地笑了笑，帶著男孩離開。

宋昌金目送那中年婦女離開。

宋昌金點了點頭道：「風家的人。」

羅獵道：「認識？」

羅獵道：「風家？」

宋昌金道：「當年跟你爺爺並稱南風北羅的摸金高手，跟咱們老羅家不對盤，這女人是風三爺的女兒風九青，怪了噯，不是說終身不嫁，何時生了個兒子？」

羅獵道：「那孩子未必是她的，看她的穿衣打扮更像是一個保姆。」

宋昌金聽他這麼一說恍然大悟道：「我這腦子，果然有些老了。」

羅獵道：「你可不老。」

宋昌金嘿嘿一笑，而後又將眉頭皺了起來：「那女人向來目空一切，怎地會甘心給人家看孩子？」

羅獵可沒有他那麼大的好奇心，吃飽之後，起身離開，宋昌金也不挽留，一個人留在那裡繼續飲茶。

羅獵剛剛躺下看書，包廂門又被敲響，羅獵起身開門，發現風九青站在門外，羅獵以為家樂又不見了，向風九青笑道：「這位夫人，我沒見到家樂。」

風九青一言不發，反手將車廂的門掩上，不等羅獵發出邀請已經坐在了床上，這樣的舉動有些不夠禮貌。

羅獵道：「夫人還有什麼事？」其實他已經看出風九青必然是有備而來，只是奇怪她因何會找上自己。

風九青道：「我想跟你談一筆生意。」

羅獵笑道：「您難道看不出我不是生意人？」

風九青道：「我應當稱呼你為張中尉還是羅先生？」她的這句話等於挑明了羅獵的身分。

羅獵點了點頭：「什麼生意？說來聽聽？」

風九青難得笑了起來，在她笑起來的時候面孔終於生動了一些。風九青想要委託的生意很簡單，無非是請羅獵當保鏢，保護家樂安全抵達奉天。

羅獵聽完她的委託之後道：「你自己難道不可以保證他的安全？」

風九青道：「實不相瞞，家樂父母雙亡，有人想要斬草除根，所以我才帶他前往奉天投奔他的伯父，我發現仇人可能已經混上了這列火車。」她盯住羅獵的雙目道：「如果你肯答應我的要求，我會給你豐厚的報酬。」

羅獵道：「我不缺錢，而且我對此事也沒什麼興趣。」

風九青道：「如果你拒絕我，應當知道後果。」

羅獵笑瞇瞇望著風九青，她是在威脅自己。

風九青和羅獵對視了一會兒就主動示弱，輕聲道：「我沒有舉報你的意思，只是這件東西，你應當無法拒絕。」風九青將一物輕輕放在茶几之上，羅獵定睛望去，那是一枚指環，鉑金製成，羅獵認得這戒指，在他兒時有記憶開始母親就戴著這指環，只是後來有一天突然不見了，根據母親所說，她不慎遺失，想不到這枚指環會落在風九青的手裡。

羅獵拿起那枚指環，和記憶中母親的戒指比照，很快就確定就是那枚指環無疑。

風九青道：「如果你答應幫我，我還可以告訴你一些秘密，這指環權當是定金。」

羅獵的目光並未離開戒指，低聲道：「我答應你。」

風九青的包廂號是九號，和羅獵中間只隔著一個房間。

羅獵接受委託之後，彷彿一切都沒有發生過一樣，事實上這輛列車也沒有發生任何特別的事情，第二天夜晚，火車已經出了山海關，行進在南滿鐵路線上，再有六個小時就能夠抵達奉天，風九青的委託到奉天火車站結束，按照她的話，只要抵達那裡，就會有人前來接應，羅獵的使命也宣告結束。

羅獵是個信守承諾的人，既然答應了風九青就會忠人之事。他時常失眠，一旦心中有事，失眠的症狀就會變得越發嚴重。雖然身在七號包廂，可是羅獵卻始終留意著外面走廊內的動靜。

凌晨一點，羅獵聽到走廊上的腳步聲，推開車門，從門縫中看到一道身影來到走廊之上，卻是身穿睡衣的家樂。羅獵心中一怔，不知這孩子為何半夜出來，他不是和風九青住在一起嗎？家樂雙目茫然一步步走了出來，看到他的樣子似乎在夢遊。

羅獵不敢輕易驚動他，等家樂從自己的門前經過之後，也推門出來，悄悄跟在他的身後。

家樂光著雙腳走在地板上，夜深人靜，只能聽到車輪在軌道上喀嚓喀嚓的摩擦聲，一等車廂內的旅客大都已經入睡，除了羅獵之外，應當並未有其他人留意到這夢遊的男孩。

羅獵不知到底發生了什麼，就算其他人沒有留意家樂，風九青又去了哪裡？難道她也不知道家樂離開？

此時巡夜的列車員走入車廂，看到赤腳走在迴廊上的家樂，他不由得一怔，跟在家樂身後的羅獵向他做出了一個噤聲的手勢，示意這列車員不要吵醒了家樂，一來害怕突然驚醒會對家樂造成不良的影響，還有一個原因是他想看看夢遊中的家樂到底要去何方。

列車員並未明白羅獵的意思，輕聲道：「嗨！這麼晚了，你去哪裡？」

家樂身軀一震，然後他的雙拳緊緊攥起，那列車員的身體突然向前撲倒，直挺挺撲倒在地面之上。

羅獵大驚失色，以他的感知力都不知道這列車員發生了什麼事情。

家樂霍然轉過身來，黑白分明的雙目已經變得漆黑一團，羅獵曾經在蒼白山見過有人發生這樣的狀況，這種狀況曾經被女真族稱之為黑煞附體，只是不知道這小小的孩童因何會發生這樣的狀況。

蓬！蓬！蓬！蓬！蓬！一陣陣聲響宛如爆竹般接連響起，螺絲、鐵片、全都解體飛出，甚至連羅獵腰間的手槍也脫鞘飛了出去。

羅獵看著眼前詭異的一幕，突然聽到身後傳來宋昌金惶恐的大叫聲：「趴下！」

漂浮在空中的金屬物體宛如暴雨般向羅獵傾瀉射去，羅獵第一時間撲倒在了地上，只聽到嗖嗖不斷的聲音，那些射向他的金屬物貼著他的後背飛了出去。

轟隆！春雷炸響在火車的上方，耀眼奪目的電光搶在春雷之前將車廂照亮。

家樂哆嗦了一下，似乎被這聲春雷嚇住，他眨了眨眼睛，幼稚的面孔之上浮現出迷惘且惶恐的神情，蓬！有人向車廂內投擲了煙霧彈，整個車廂內瞬間被瀰散的煙霧所籠罩。

羅獵慌忙從地上爬起，突然聽到家樂發出一聲尖叫：「救命！」

一道黑影撲入煙霧之中，他抓住了家樂轉身向後方車廂逃去。

羅獵快步追逐了過去，濃霧中，一柄太刀向他的咽喉橫削而來，羅獵身體後仰，躲過這記襲擊，扣在掌心中的飛刀激射而出，正中對方的要害。

劫持家樂的歹徒已經離開了這節車廂，羅獵越過歹徒的屍體，用肩頭撞開過道的小門，當他進入下一節車廂的時候，綁匪扛著家樂已經進入前方的餐車。

羅獵豈能讓綁匪從自己的眼皮底下溜走，繼續窮追不捨。

進入餐車，那綁匪突然停下腳步，以手槍抵住家樂的腦袋，向羅獵道：「你再敢追過來，我就殺了他！」

羅獵冷冷望著那名綁匪，家樂此時應當清醒了過來，他非常害怕，身軀顫抖不已，眼淚都流了出來：「叔叔……」

羅獵向他笑了笑，示意他不要害怕，向那名綁匪道：「何必為難小孩子，你是不是想要錢，我給你啊！」

綁匪用手槍更加用力地頂住家樂的腦袋道：「信不信我打爛他的頭。」

羅獵道：「不信，你如果想殺他就不會等到現在，你的雇主一定是想要留下活口對不對？」

綁匪的目光出現了波動，他的真實用意無疑被羅獵說中了，這可不是什麼好事，連底牌都被對方看透。

羅獵道：「放開他，我讓你活著離開。」

綁匪冷笑道：「你當我三歲小孩子？我真會殺了他！」

呼！槍聲從後方響起，卻是有人從綁匪身後開槍，綁匪額頭被子彈射出一個血洞，羅獵第一時間衝了過去，將家樂攬入懷中，避免他被綁匪屍體壓住受傷。

開槍的人是風九青，她來得還算及時，關鍵時刻將家樂救下。

這邊的動靜將列車上的旅客驚醒，通過初步的檢查，前來劫持家樂的兩名綁匪全都是日本人，最早準備叫醒家樂的那名列車員也死了，只不過他的體表並未發現明顯的傷痕，眾人都將他的死歸於這兩名劫匪的身上。

羅獵卻認為事實並不是這樣，風九青將惶恐的家樂重新帶回包廂，宋昌金本想離去，卻被羅獵攔住了去路。

宋昌金看了看周圍，歎了口氣道：「有你在的地方就會有麻煩。」他想從羅獵身邊經過，卻被羅獵抓住手臂，連拖帶拽弄到了七號包廂內，宋昌金苦笑道：「你這是幹什麼？生怕別人不知道你我之間的關係？」

羅獵道：「說，為什麼要把我拖進這件事裡？」

宋昌金裝糊塗道：「都不知道你在說什麼？」

羅獵道：「家樂在車廂內跑來跑去，風九青一直跟著，你們此前肯定見過面，昨天午飯的時候卻裝出頭一次見面的樣子。」他其實早就看出了破綻，宋昌金此行的目的一定和風九青有關，自己的身分十有八九也是宋昌金告訴了風九青，不然風九青又怎能對自己如此瞭解。

宋昌金道：「你多疑了。」

羅獵道：「三叔，你若是遇到了什麼麻煩，我自然不會坐視不理，可你若是對我欺瞞哄騙，休怪我不念血脈親情。」

宋昌金咬了咬嘴唇，歎了口氣道：「就知道瞞不住你，只是我也沒有想到會在車上遇到你。」

羅獵道：「你和風九青一樣都是護送家樂的對不對？」

宋昌金點了點頭道：「不錯，我和家樂不熟，只是風九青找到我，讓我幫忙將這孩子送到奉天，我曾經欠她一個人情，所以就毫不猶豫地答應了，可答應之後，方才發現那孩子是個天大的麻煩。」

羅獵剛才已經領教了家樂的厲害，這小男孩應當擁有某種特殊能力，在夢遊的狀態下居然可以操縱金屬。

宋昌金道：「他幾乎每夜都會夢遊，無論是捆綁還是將他銬住，他都能夠輕易擺脫，而且更可怕的是，他在夢遊的狀態下居然還可以催眠別人。」

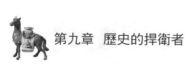

羅獵皺了皺眉頭，他從未聽說過如此詭異的事情。

宋昌金道：「離他越近，就越容易受到影響，風九青跟他在一個車廂，雖然她非常警惕，仍然被這孩子催眠。」

羅獵暗忖，這可能就是剛才風九青沒有及時出現的原因。羅獵道：「他是風九青的什麼人？」

宋昌金道：「我也不甚清楚，我只知道風九青的哥哥因為盜竊被徐北山給抓了，可能要被砍頭，所以風九青才帶著這孩子去交換。」

羅獵道：「你是說這孩子可以換得她哥哥的自由？」

宋昌金道：「應該是這樣。」看到羅獵滿臉的質疑不由得苦笑道：「你是我親侄子，我是你親叔叔，我怎會騙你？」

羅獵道：「如此說來這孩子對徐北山非常重要。」

宋昌金道：「當然重要，不然他也不會下那麼大的血本。」

羅獵深知這位三叔為人狡詐，他若肯說實話除非太陽從西邊出來，他剛才出手也不是為了什麼報酬，只是不忍心看到那男孩被人傷害，風九青舉止怪異，對於風家的所為，羅獵也曾經聽說，對宋昌金的無利不起早，羅獵領教頗深。暗忖這一切絕沒有表面看起來那麼容易。

宋昌金笑道：「剛才真是多虧了你，我就知道我侄子從來都是古道熱腸，俠肝義膽。」他向羅獵討好地豎起了拇指。

羅獵道：「三叔，記得爺爺生前不止一次對我說，遇事皆讓三分利。」

宋昌金道：「若是小本生意，只有一分利，我豈不是還要搭上兩分？」

羅獵笑道：「賠本賺吆喝。」

宋昌金道：「早晚得餓死。」

羅獵揚起他戴在尾指上的指環道：「這指環也是你給風九青的吧？」

宋昌金道：「這跟我可沒關係，我從沒見過你娘，當然不可能知道這指環的事情。」

羅獵道：「風九青怎麼會得到這指環，又怎麼知道我娘的事情？」

宋昌金道：「你問她。」他轉身準備離開，手落在門把上的時候猶豫了一下，低聲道：「風九青曾經是你爹的未婚妻。」

風九青望著終於睡去的家樂，歎了一口氣，聽到外面的敲門聲警惕地問了一聲。聽出是宋昌金之後方才起身開了門，她有些緊張地望著宋昌金，責怪道：「你怎麼到這裡來了，若是讓他看到豈不是什麼都明白了。」

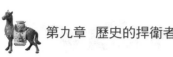

宋昌金搖了搖頭道：「你以為能夠騙過他？我這個侄子雖然年輕，卻是我所遇到的最聰明最厲害的一個，連我這個當叔叔的都對他佩服得很呢。」

風九青冷哼一聲道：「只怕言過其實。」

宋昌金道：「剛才若不是他，家樂只怕要出事。」

風九青無法否認這件事，轉身看了看家樂道：「他知不知道家樂就是……」

宋昌金慌忙做了個不要說下去的手勢，隔牆有耳，有些事不可輕易說出來。

風九青及時領會了他的意思，停口不說，沉默了一會兒道：「徐北山不是和日本人來往密切嗎？怎麼會有日本人想要帶走家樂？」

宋昌金道：「我也不清楚，咱們這次的目的是救人，至於這孩子……」他停頓了一下方道：「徐北山應該會妥善安置。」

初春的奉天春寒料峭，從南國到關外，天氣越來越冷，本已適應了江南的春意，仿若突然又進入了冬天，車窗外的原野仍然枯黃，柳樹仍未發芽，只有小河中的流水顯露出春天應有的綠意，河岸上黑褐色的土層裸露在天光下，陽光照射的地方偶爾還可以看到斑斑點點的白，那是未曾融化的冬雪。

羅獵穿上了灰色毛呢軍大衣，整理好了行李箱，再有十多分鐘就到奉天，他做好了下車的準備。

昨晚的事情之後，一切都恢復了平靜，這列車廂的警戒也提升到了最高的級別，羅獵一直沒有出門，他並不想引起不必要的麻煩。

火車開始減速，羅獵在窗前坐下，摸出一盒煙，只是看了看又放了回去。

有人過來敲門，門並沒有鎖，得到應允後，風九青推門走了進來。

羅獵留意到她並沒有帶家樂過來，他也沒有起身迎接。

風九青道：「無論怎樣，還是要謝謝你。」

羅獵道：「我沒幫你什麼。」

風九青道：「我想了很久，有件事我還是要告訴你，你母親並不是正常死亡。」

羅獵的內心沉了一下，不過他的表情並沒有任何的變化，其實他一直對這件事存疑，母親離去的太突然，從生病到離去只不過是短短一周的功夫，可母親並未說過什麼懷疑的話。

羅獵並不瞭解風九青，如果她當真如宋昌金所說是父親的未婚妻，那麼她和父親最終分手的原因是什麼？是不是因為自己的母親？對風九青的動機，羅獵心中存疑。

羅獵並沒有輕易去窺探風九青的腦域世界，他的直覺告訴自己風九青並非尋常人物，自己看到的一切未必是現實，最大的可能就是風九青聯手宋昌金設下圈套將自己引入其中。

葉青虹此前遇險之後，羅獵的心態發生了一些改變，他擔心顏天心的事情會在自己的身邊重演，這也是他離開黃浦之後始終沒有和葉青虹聯繫的原因之一。

風九青道：「徐北山就是害死你母親的人之一。」說完就離開了包廂。

羅獵真正認識到了風九青的心機，分別在即方才拋出一個最為厲害的誘餌，羅獵無法確定她的話是真還是假，不過有一點他能確定，風九青要引自己入局。

列車緩緩進入奉天站，羅獵提前去了下一節車廂，他不想引起太多的關注，畢竟在一等車廂內發生了命案，正如他所料，列車到達之時，月台上已經站滿了嚴陣以待的軍警。

還好軍警並沒有調查列車的打算，或許因為整起案件已經非常明朗。

羅獵站在人群中眺望著，他看到一輛隸屬於北滿軍方的汽車接走了風九青和家樂。

宋昌金沒有跟著上車，也和他一樣混在人群之中。宋昌金沒有發現羅獵，戴上氈帽，悄悄混入人群中離開。

在出站口，宋昌金方才停下腳步，將手中有些破爛的藤條箱放下，轉身向後方笑了笑，他猜到羅獵一定會跟蹤自己。

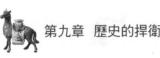

羅獵也沒有迴避，隨著出站的人群慢慢來到宋昌金的面前，點了點頭道：「好巧啊！」

宋昌金笑得非常開心：「的確巧得很，大侄子，是不是有很多話想問我？」

羅獵搖了搖頭道：「我想知道的事情一定會查出來。」

宋昌金道：「想催眠我啊？」

羅獵道：「不可以嗎？」

宋昌金道：「魔高一尺道高一丈。」

羅獵道：「風九青被徐北山接走了？」

宋昌金道：「徐北山要的不是風九青，他要那個孩子。」

羅獵道：「風九青將家樂交給徐北山，徐北山放了她的哥哥，皆大歡喜，大家都沒有麻煩了。」

宋昌金道：「真有那麼簡單反倒好了。」

羅獵敏銳地覺察到了什麼，他低聲道：「途中是不是有埋伏？」

宋昌金道：「那孩子是一張牌，一旦徐北山得到，我們就失去了討價還價的資格。」

羅獵對這位三叔忽然有種刮目相看的感覺，他和風九青此次前來竟然是要和徐北山對抗，要知道徐北山乃是滿洲兩大軍閥之一，和北滿軍閥張同武相抗衡的存在，甚至可以說徐北山的實力還要在張同武之上，畢竟徐北山的背後還有日本人的支持，這也是徐北山在滿洲的口碑不如張同武的原因。

羅獵道：「您老何時變得那麼熱血了，難道是為了風九青。」他感覺宋昌金和風九青之間沒那麼簡單。

宋昌金道：「你或許不知道你爺爺因何要把你送往國外？」

羅獵已明白了他的意思：「三叔，無論你怎樣說，這件事我都不會參與。」

宋昌金道：「你爺爺並非自殺，他是死在此人之手！」他的情緒突然變得前所未有的激動：「他的真名叫羅水根，是你爺爺的大徒弟，羅家就壞在他的手裡，你爺爺就是被他所殺！」

羅獵從未聽說過羅水根的名字，爺爺也從未向他說起過曾經有過一個大徒弟，羅家家破人亡，難道都和此人有關？

宋昌金道：「你不信我，不打緊，可有件事我必須要告訴你，你爹、你娘、你爺爺全都是為你而死！」

羅獵的內心突然變得無比沉重，宋昌金所說的每一個字都如同重錘楔打在他的內心，如果一切都是事實，他決不能置若罔聞，如果這樣還不為家人復仇，還有什麼臉面活在這個世界上。

宋昌金道：「明天中午十二點，我在城北老火炕等你。」

羅獵在奉天有產業，也有朋友，南關天主教堂右側的小街裡有一座棺材鋪，那是當年羅行木留下的產業，羅行木死後，羅獵理所當然地成為了繼承人。現在瞎子、陳阿婆、鐵娃等人都在那裡，在周曉蝶的組織下居然將那間棺材鋪又開了起來，據聽說生意還很不錯。

羅獵原本是想直奔棺材鋪的，可中途出了宋昌金這檔子事兒，他又改變了主意，甚至沒有前往南關，就在奉天北區找了家賓館住下。

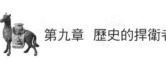

羅獵剛剛入住沒多久，就聽說了一件事，在奉天老毛橋發生了一起槍擊案，被伏擊的目標是南滿軍閥徐北山的車隊，其中一輛汽車在司機中槍之後，失控落入了河中，車上的幾人可能已經殉難，好事不出門壞事傳千里，現在街頭巷尾都在議論著這件事，多半人都沒有親眼目睹，卻都說得有鼻子有眼。

羅獵大概瞭解到那輛不幸落水的車內還有女人和小孩，他幾乎能夠斷定那輛車就是風九青和家樂所乘坐的那輛，而羅獵並不擔心他們出事，宋昌金此前已經透露了一些資訊。

家樂應當是他們手中一張極為重要的王牌，他們不會輕易將這孩子交到徐北山的手中，發生了這件事之後，羅獵開始回想途中的一切，風九青和宋昌金很可能並不知道會遇到自己，至於風九青提出條件要自己保護家樂，很可能只是一個幌子，包括死去的那兩名日本人。

第二天一早，羅獵去了南關天主教堂，因為並非禮拜日，教堂內的人很少，羅獵選了一個角落坐下，望著彩色玻璃窗，心中默默梳理著過往的一切，陽光經過彩色玻璃窗的過濾變得神秘，穹頂上昏黃的壁畫不少已經剝落，羅獵想起了教堂下的密室，想起了那密密麻麻的十字架，生死或許僅僅是一個字眼的區別罷了，超越時空，生命就能獲得某種意義的永恆，如果他能夠做到，或許就可以回去找到青春正好的顏天心，或許就有機會扭轉所有的悲劇。

可扭轉之後呢？他又將帶給這個世界怎樣的變化？如今生存的熟悉世界是不是會變得完全陌生？理論告訴他一定會，理智提醒他絕不可以這樣做。

陋習可以打破，然而自然法則卻不能，否則只會帶來無盡的災難。

羅獵忽然很想抽煙，這次的戒煙不知為何變得如此辛苦，若非他強大的毅力在支撐，或許早已失敗。

只是掏出煙盒，聞了聞煙草的味道，羅獵發現自己還是喜歡這種味道，長期失眠導致他的頭部開始一跳一跳的疼，煙草舒緩了頭痛，坐在昏暗角落的羅獵居然產生了一些睏意，他打了個哈欠，就這樣趴在教堂的長凳上打起了瞌睡。

鼻息間一股幽香傳來，清雅淡泊，羅獵已經猜到來人是誰，他仍然靜靜趴在那裡，感覺到她在自己肩上輕輕披上了一件外套。

羅獵道：「我沒睡。」

「我知道！」蘭喜妹的聲音柔和而溫暖。

蘭喜妹少有對人如此溫柔的時候，當然羅獵是個例外，而且她在羅獵面前通常會表現出極強的耐性，比如這次，羅獵說了一句話之後就陷入長時間的沉默中，搞不清他到底是睡了還是不想理會自己，蘭喜妹居然還可以耐心地等。

這一等就是一個小時，兩人離開教堂漫步在前方小廣場的時候，羅獵對自己剛才的行為進行了說明：「我太累了。」

蘭喜妹點了點頭道：「我知道，就算你睡一輩子，我也會在一旁守著你。」說這番話的時候，她的目光是充滿憐愛的。

「咒我死？」

兩人禁不住同時笑了起來。

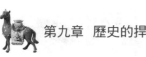

羅獵掏出煙，聞了聞又放下。

蘭喜妹道：「戒了？」

羅獵道：「好像沒那麼容易。」

蘭喜妹道：「證明你的內心在動搖。」

羅獵瞇起眼睛，看到天空中的太陽變得蒼白，周圍的雲層正在朝著太陽緩慢的移動，用不了太久的時間就會將太陽遮住，他低聲道：「要下雨嗎？」

蘭喜妹道：「通常這個季節還會有雪。」

羅獵吸了吸鼻子，感受著清冷的空氣：「你怎麼找到了這裡？」其實他已經猜到了答案，蘭喜妹一定在跟蹤自己。他奇怪的是，蘭喜妹為何跟蹤這麼久，到了滿洲方才現身？

蘭喜妹道：「算是意外的驚喜吧，本來我跟蹤的是宋昌金，沒想到你會和他在一起。」她笑盈盈看了羅獵一眼道：「張富貴，這名字蠻適合你。」

羅獵將蘭喜妹的大衣為她披上，蘭喜妹穿好大衣，美眸打量著羅獵道：「我喜歡你穿軍裝的樣子。」

羅獵道：「我現在值五萬塊大洋。」于廣福為了抓住這個殺害兒子最大的疑凶懸賞五萬大洋，所以羅獵才這麼說。

蘭喜妹道：「你這麼一說，我倒還真是有些心動了。」別說五萬，就算拿一座金山來換，她也不會出賣羅獵。

羅獵看了蘭喜妹一眼，他們之間從彼此對立的敵人開始，現在早已拋棄了敵對。蘭喜妹每次的出現都會抱著既定的目的而來，不過有一點羅獵能夠確定，無論她的動機是什麼，她應當都不會做對自己不利的事情。

羅獵道：「跟蹤宋昌金又是為了什麼？」

蘭喜妹幽然歎了口氣道：「你對我從不肯說實話，火車上發生的事情我全都知道了。」

羅獵道：「死去的日本人是你派去的？」

蘭喜妹搖了搖頭道：「與我無關，船越龍一的人。」

羅獵和船越龍一曾經打過交道，此人武功高強，曾任玄洋社社長，日本暴龍會四大金剛之一。只是後來此人已經返回日本，難道又再次來到滿洲？

蘭喜妹道：「黑堡的事情還記得嗎？」其實在黃浦的時候，蘭喜妹就曾經出示過幾張黑堡的航拍照片，不過羅獵當時並未承認，而因為葉青虹的事情，他當時也沒有對這件事報以太多的關注。

蘭喜妹這次前來絕不僅僅是為了跟自己敘舊情，以羅獵對蘭喜妹的瞭解，她表面上熱情似火，可其實卻是一個極其冷靜理智之人，否則她也不可能在日方陣營中潛伏得如此之好。身處虎狼之群從容不迫，歷經凶險每次都可全身而退，這些不僅僅用幸運兩個字能夠解釋的。

蘭喜妹認為羅獵的沉默就是承認，一陣冷風吹過，她下意識地將大衣緊了緊：「我雖不清楚黑堡裡有什麼，可藤野家族因這件事損失極大，他們應當是用某種條件說服了軍方。」她停頓了一下道：「你已被列入暴龍會的黑名單。」

羅獵淡然笑道：「這麼說我已經成了必殺之人。」

蘭喜妹點了點頭，小聲道：「我可沒要殺你。」伸手挽住羅獵的手臂向前方走去，羅獵沒有拒絕，兩人走在一起，誰也不會懷疑這是一對情侶，然而他們的內心卻各有盤算。

蘭喜妹道：「你知不知道那小孩子去了什麼地方？」

羅獵道：「你是說家樂？」

蘭喜妹道：「自然是他。」

「你沒看報紙？」

第十章

迷霧重重

羅獵暗自思量，藤野駿馳應當是和家族理念不合而被殺，
逃走的藤野晴子極有可能帶走了家族的秘密。
至於徐北山，此人乃是爺爺的徒弟，
藤野晴子找到他究竟是偶然，還是另有目的呢？

蘭喜妹道：「報紙上的東西誰會相信，我如果沒猜錯，那就是一場局，意圖瞞過徐北山的一場局。」

羅獵道：「我現在的狀況自身難保，對其他人的事情並不感興趣。」

蘭喜妹道：「你知不知道那孩子的真正身分？」

羅獵搖了搖頭，他雖然猜測那孩子和徐北山的關係非同尋常，可宋昌金並未向自己坦誠相告。

蘭喜妹道：「他不是普通人，他是徐北山的私生子。」

羅獵沒有感到特別意外，能讓徐北山甘心用人質去交換的人一定對他非常重要。可徐北山的私生子讓日方如此興師動眾，在羅獵印象中徐北山乃親日之人。

蘭喜妹道：「那孩子的母親已經死了，她是個日本人，叫藤野晴子。」

羅獵的兩道劍眉皺了起來。

蘭喜妹道：「藤野晴子是藤野俊生的侄女，她的父親藤野駿馳是藤野俊生的哥哥，根據我所掌握的資料，藤野駿馳生前一直都在主持黑堡的工作。」

羅獵道：「藤野駿馳死了？」

蘭喜妹道：「十年前就死了，說是病死，實際上是因為家族內部矛盾而遇害，藤野晴子後來逃亡到滿洲，她遇到了徐北山，兩人相處過一段時間，後來藤野晴子不辭而別，連徐北山都不知道他們有個兒子。」

羅獵道：「以徐北山的實力應當可以保護她。」

蘭喜妹道：「具體的詳情只有當事者才知道，藤野晴子不久後也病死了，如果不是風九青暴露這孩子的存在，徐北山都不知道自己在世上還有個兒子。」

羅獵停下腳步，幾隻白鴿在他們的前方悠閒地漫步。

蘭喜妹道：「風九青、宋昌金他們可都不是什麼尋常人物，自從知道家樂的存在，藤野家族和暴龍社幾乎動用了所有的精銳力量。」

羅獵望著蘭喜妹道：「你們在找什麼？」

蘭喜妹道：「只有一個人物，得到這孩子，而且一定要讓他活著。」

羅獵道：「家樂也算是藤野俊生的外孫吧。」

蘭喜妹道：「你不覺得這件事非常奇怪嗎？」

羅獵心中暗自思量，此事的確奇怪，當年藤野駿馳死於家族內部矛盾，其女亡命天涯，在得知她有骨血留存後，整個藤野家族傾巢而出，再聯想起藤野駿馳曾經負責的黑堡乃是藤野家的秘密實驗基地。羅獵做出了一個推論，藤野駿馳應當是和家族理念不合而被殺，逃走的藤野晴子極有可能帶走了家族的秘密。至於徐北山，此人乃是爺爺的徒弟，藤野晴子找到他究竟是偶然，還是另有目的呢？

從目前的狀況來看，徐北山應當對這個私生子並不知情，而他也應當是極其珍惜這個兒子，徐北山只有一個老婆，生下了四個女兒卻無一男丁，在如今的社會狀況下，膝下無兒意味著沒有繼承人，對功成名就的徐北山來說，突然到來的兒子更是意外之喜。

羅獵道：「你懷疑這孩子身上有藤野家想得到的秘密？」

蘭喜妹點了點頭。

羅獵道：「為何不選擇坐山觀虎鬥呢？」鷸蚌相爭漁翁得利，未嘗不是一個絕好的選擇。

蘭喜妹道：「我懷疑這孩子身上的秘密太過可怕，如果被藤野家族的人捷足先登，那麼後果將不堪設想。」

幾片雪花悠悠蕩蕩地落在肩頭，羅獵抬起頭來，一場春雪在不知不覺中到來，望著潔白的雪花，忽然感覺瞬間回到了冬季。

蘭喜妹搖晃了一下他的手臂：「你幫我好不好？」

羅獵道：「你站在哪一邊？」

蘭喜妹愣了一下，旋即就明白他是在詢問自己究竟是站在國人的一邊還是日方的一邊，她的聲音不大卻有力：「我站在自己這一邊。」

羅獵知道蘭喜妹和葉青虹一樣都是滿清皇族的後裔，在清朝滅亡數年之後的今天，愛新覺羅的子孫中仍然有不少人在默默努力著，意圖奪回他們祖上的江山，然而歷史的車輪已經從那腐朽的屍身上碾壓過去，骨骼已碎，皮肉已腐，再無復生的可能。

早已知悉歷史的羅獵更清楚未來將會往何處去，但是他並不清楚蘭喜妹的立場，他不知道蘭喜妹有無光復家族王朝的野心。望著蘭喜妹，羅獵道：「你什麼時候會收手？」

蘭喜妹揚起手將耳邊的一絲亂髮攏起，微笑道：「不會太久。」目光落在羅獵的尾指上：「指環真漂亮。」

羅獵道：「母親留給我的遺物。」

蘭喜妹的目光依然沒有離開那枚指環：「或許她想讓你親手給你的愛人戴上。」

羅獵暗忖，也許母親真的有這個意思吧。

蘭喜妹道：「能給我看看嗎？」

羅獵猶豫了一下，還是將指環取下遞給了她。

蘭喜妹托在掌心，仔仔細細地看了看，忽然道：「如果我不肯還給你，你會不會打我？」

羅獵道：「以你的性情不會這樣做。」

蘭喜妹道：「你很瞭解我啊？」

羅獵沒說話。

蘭喜妹忽然惡狠狠道：「如果有一天你敢將這指環給葉青虹戴上，我就剁了她的手指。」

羅獵皺了皺眉頭，他不喜歡蘭喜妹這樣說話，雖然他知道蘭喜妹想要表達什麼，蘭喜妹將指環遞給了他：「好好藏起來，有一天我會用得上。」

羅獵這次將指環收在了口袋裡，他不想繼續再刺激蘭喜妹，否則不知道她還會說出什麼惡毒的話。

蘭喜妹變臉也是極快，看出羅獵不喜歡自己剛才的表現，馬上又做出小鳥依人的模樣整個人偎依在羅獵的肩頭，小聲道：「人家錯了好不好，你若是喜歡葉青虹，我就准你討她當小老婆好不好？」

羅獵真是哭笑不得，憑什麼讓葉青虹當小老婆，難不成我一定要娶你做大不成？他無意在這種無聊的事情上繼續糾纏下去，抬起手腕看了看時間道：「我還有事，得走了。」

蘭喜妹道：「我送你啊，我有車。」

羅獵道：「暴龍會耳目眾多，若是讓他們發現我們在一起只怕不好。」

蘭喜妹道：「管他呢，只要我喜歡。」

羅獵道：「還是算了。」

蘭喜妹道：「你去見宋昌金對不對？我不妨告訴你，宋昌金已經被人給盯上了，單憑著你們幾個，根本無法取勝。」

羅獵道：「你是說，我必須要選你合作了？」

蘭喜妹嬌媚道：「人家可不敢，是我求你跟我合作。」

羅獵道：「得，你先送我過去吧，最好不要讓宋昌金看到咱們在一起。」

羅獵準時抵達老火炕，宋昌金已經坐在熱騰騰的炕上，點好了菜，暖好了酒，只等著這位大侄子的到來。羅獵脫鞋上炕，在宋昌金對面盤腿坐下，發現宋昌金愁眉苦臉，低聲道：「三叔，心情不好啊？」

宋昌金苦笑道：「他娘的，被風九青那娘們給算計了，說好了跟我聯絡，結果石沉大海，蹤影全無。」

羅獵對此早有心理準備，風九青好不容易才來了個金蟬脫殼，又怎會輕易暴露她的藏身之所，至於宋昌金知不知道又另當別論，畢竟這位三叔嘴裡向來沒有實話。

羅獵道：「難道她不擔心她哥哥的死活？」

宋昌金道：「先喝酒，邊喝邊說。」

羅獵給他倒上酒，叔侄兩人對飲了一杯，趁著羅獵斟酒的功夫，宋昌金往嘴裡填了粒花生，一邊吧唧嘴一邊道：「風九青在乎過誰的死活？她養了那孩子那麼多年，在她心中任何人的性命都不如那孩子重要。」

羅獵端起酒杯自己飲了一杯，瞇起的雙目打量著宋昌金，這老滑頭從頭到尾都在撒謊。

宋昌金道：「你不信我啊？」

羅獵道：「信你才怪！」

宋昌金道：「不信我也別出賣我啊！」

羅獵道：「此話從何說起？」他的話音剛落，就聽到外面傳來汽車和摩托的引擎聲。

蘭喜妹是最早發現局勢不妙的人，六輛汽車載著近百名荷槍實彈的軍人迅速將老火炕包圍，蘭喜妹送羅獵來到這裡之後，並沒有隨同他一起進去，也沒有即刻離去，她本想等羅獵出來看個清楚，卻沒料到發生了這種變故。目前還不清楚這些軍人是衝著何人而來，不過有一點她可以斷定，羅獵遇到麻煩了。

羅獵沒有選擇逃走，那些軍人已經將老火炕團團包圍，如果硬闖可能要面對槍林彈雨，人生充滿機會，凡事不可操之過急。

宋昌金拉開棉布窗簾的一角，看了看外面的狀況，歎了口氣道：「我錯怪你了，應當是徐北山的人馬。」

羅獵不緊不慢地吃著，宋昌金看到他泰然自若的樣子暗自佩服，這位侄子泰山崩於前而面不改色的心理素質自己可比不上，愁眉苦臉道：「你還有心情吃？」

羅獵道：「菜不錯，趁著他們沒有衝進來之前填飽肚子，否則咱們可能連晚飯都吃不上了。」

宋昌金聽他這麼一說，趕緊抓了個雞腿在手中。

外面傳來喊話聲：「裡面的人聽著，全都給我出來，給你們一分鐘的時間，不然我們就開槍了。」

宋昌金趕緊下了炕，看到羅獵還在吃，他忍不住道：「小祖宗，你快點好不好，子彈可不長眼睛。」

羅獵道：「我思來想去，將此事通報給徐北山的人就是你。」

宋昌金滿臉愕然，旋即氣憤地紅了臉，怒道：「你腦子糊塗了，我有毛病啊？自己舉報自己？通知別人過來抓我？我……我……真是被你氣死了。」宋昌金指著羅獵表現出前所未有的憤怒。

羅獵穿上鞋，擦了擦手，起身道：「真相藏不住。」說完他就率先出門，之所以做出這樣的推斷是因為他們在這裡相約的事情本沒有多少人知道，自己雖然在黃浦被列為嫌犯，可在滿洲並不會引起當地軍閥的重視，除非這群人衝著宋昌金而來，其實在昨天風九青遇襲之後，羅獵就產生了懷疑，在徐北山控制的奉天，一個女人帶著一個孩子想要在光天化日之下逃離其難度太大，除非有人有意製造逃離的假像。

宋昌金跟著羅獵走出門，看到羅獵舉起雙手，自己也慌忙將兩隻手高高舉起，驚呼道：「別開槍，別開槍，我們都是來吃飯的老百姓。」

那群士兵衝上來將兩人的手臂反剪銬上，宋昌金哎呦呦慘叫道：「輕點，輕點，我一把老骨頭禁不起折騰。」

蘭喜妹在遠處的汽車內觀望著，羅獵的目光朝她這邊只看了一眼，唇角露出一絲微笑，旋即轉向其他的地方，蘭喜妹從他的笑容中讀懂了他的意思，羅獵應當是放棄了反抗，今天的這場圍捕另有玄機。

羅獵和宋昌金被押上了汽車，宋昌金喋喋不休地辯解道：「我們都是良民，我們都是好人，你們是不是抓錯人了？」

羅獵道：「省點力氣吧，你是什麼樣的人，我清楚。」

宋昌金瞪大了雙眼，一臉悲憤地望著羅獵：「那就是懷疑我嘍，你懷疑我嘍？」

羅獵懶得理會他，閉上雙眼似乎已經睡了。

約莫二十分鐘之後，他們被押解到豐田郊外的一處院落，這片院子的四角都有用來警戒的崗樓，圍牆很高，上方扯著電網，看起來像是一座小型的監獄，汽車駛入前方建築物。

裡面漆黑一片，羅獵和宋昌金看不到外面的情景，只能根據光線來判斷周圍的大致狀況。

宋昌金道：「什麼地方？」

羅獵從汽車行駛的速度和時間判斷，他們應當已經到了奉天郊外，大致位於奉天以北二十里左右的地方，這周圍樹林眾多，羅獵也搞不清具體的方位。

汽車停穩之後，燈光方才亮了起來，兩人被押下了車，就此分開，宋昌金被押到了另外一處，羅獵則在四名荷槍實彈士兵的押解下進入右側的通道，從通道的拱形結構和不斷向下的坡度，羅獵推斷出這裡應當是奉天城北某處的防空洞。抓他的人是徐北山的部隊，也就是說這裡極有可能是徐北山的一個秘密基地。

在防空洞內曲折步行了五分鐘左右，羅獵被帶進了一個黑暗的房間，燈光亮起，強光聚集在羅獵的臉上照得他睜不開眼。

羅獵瞇起眼睛望向前方，看到一個魁梧的身影坐在正前方，因為光照的緣故，壓根看不清對方的面容，縱然如此，仍然可以感覺到對方強大的氣場。

羅獵雖然被反手銬起，可是這手銬難不住他，只要他想解開，輕易就能夠脫困，只是現在還沒到時候，他還要看看事態究竟往何處發展。

有人將從羅獵身上搜到的士官證送了上去，對方看了看，冷冷道：「張富貴，這番號，這名字都是假的吧？你是誰？」

羅獵道：「你都不知道我是誰，為何要抓我？」

對方被他問得一怔，然後怒道：「大膽！惹火了我這就把你給斃了。」

羅獵微笑道：「想殺我何必那麼麻煩，剛剛就該讓你的手下亂槍將我打死，花費了那麼多的兵力，兜了那麼大的一個圈兒，好玩嗎？」

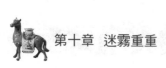

「你不怕死？」

羅獵道：「不知道，只能等到該死的那天才知道怕不怕！」

對方被他的回答逗笑了：「哈哈哈，有種！」他停頓了一下道：「你是通緝要犯，你是羅獵！」

羅獵道：「宋昌金告訴你的？他出賣我得到了多少好處？」

「懸賞五萬大洋，不少了。」

羅獵道：「名震滿洲的徐大將軍會把五萬塊大洋放在眼裡？傳出去一定是個天大的笑話。」

「你認得我？」對方的這句話等於暴露了自己的身分。

羅獵道：「不認得，也不想認得，這樣的待客方式，無論你想跟我談什麼都已經得罪我了！」

那魁梧的男子站了起來，忽然揚起手來狠狠抽了身邊副官一個耳光，怒道：「混帳，老子讓你們將羅先生請來，誰讓你們這麼對待羅先生的？趕緊，給羅先生鬆綁。」

照射在羅獵臉上的燈光熄滅，周圍的燈光都亮了起來，羅獵這才看清他身處在一間極其華麗的客廳中，周圍站著六名士兵，其中一人過來為他打開了手銬。

那身材魁梧的男子五十歲左右，頭髮花白，國字面龐，八字鬍鬚，儀表堂堂，不怒自威，手中握著一個煙斗，從他的軍銜已判斷出此人就是徐北山無疑。

羅獵打量著徐北山，宋昌金曾經告訴他，徐北山就是羅水根，就是他爺爺的大徒弟和義子，這個人曾經害死了不少羅家人，是羅家的大仇，羅獵雖然暫時無法證實這件事，可對徐北山也沒什麼好印象，一個親日之人，正是因為這種人的存在，日方勢力才會在滿洲如此猖獗，勾結外敵殘害同胞，相比和他同在滿洲抗衡的大軍閥張同武，此人更加可惡，張同武至少沒有像他一樣與日本人合作。

羅獵打量徐北山的時候，徐北山同樣也在打量著他，相比羅獵心中的厭惡，徐北山對這個年輕人是非常欣賞的，如此年輕在這樣的逆境之中還能保持這份從容，實在是難能可貴。

徐北山點了點頭做了個邀請的手勢道：「坐！」

羅獵也不客氣，在他左手的沙發坐下，平靜道：「徐大將軍準備如何處置我這個通緝要犯呢？」

徐北山哈哈大笑：「通緝？黃浦法租界發出的通緝令在我這裡屁都不算，誰有沒有罪，我說了才算。」他並沒有誇張，在奉天乃至整個南滿，他徐北山的話就是法，當然除了日本人以外。

羅獵從徐北山的情緒上看出，他沒有流露出任何失落的神情，如果他的兒子丟了，肯定會大受影響，如此看來，風九青十有八九跟他是一路，途中遇劫失蹤，也應當是兩人聯手上演的障眼法。

羅獵道：「將軍有什麼事？」

徐北山擺了擺手示意周圍人全都退下，羅獵心中暗忖此人也算是有些膽色，如果自己要對他不利，現在可是下手的最好時機。不過藝高人膽大，徐北山膽敢獨自面對自己，證明他心有所恃，此人的心智極其強大，從他的呼吸舉止來看，武功也相當不弱。

徐北山道：「喝茶！」

羅獵端起面前的茶盞，抿了一口紅茶：「將軍真是客氣。」

徐北山道：「不如你猜猜，我找你來做什麼？」

羅獵道：「我對沒興趣的事情懶得去動腦子。」

徐北山道：「我對沒價值的人也沒興趣。」如果羅獵並沒有什麼真才實學，徐北山就沒必要在他的身上浪費時間。

羅獵知道他希望自己有所表現，而徐北山想讓他做的事情已經在腦海中有了一個大致的輪廓，羅獵道：「我可否問一個問題？」

徐北山點了點頭。

「家樂沒事吧？」

徐北山笑了起來，這小子夠滑頭，家樂沒事就證明這一切都是自己在佈局：「你猜？」

羅獵道：「將軍運籌帷幄，已經將棋局布好，我實在想不出自己還能做什麼？」

徐北山盯住羅獵雙眼道：「你知道，你一定知道，我想讓家樂永遠平安。」家樂所面臨的最大危機就是來自於藤野家族的威脅，徐北山找自己應當是對付藤野家族。

羅獵道：「以將軍的能力難道還保護不了一個孩子？」

徐北山道：「日本人讓我把他交出去。」他之所以能夠擁有現在的勢力和日方的扶持是分不開的，徐北山不敢得罪日本人，可他也不願將自己的兒子交出去，所以只能精心佈局。

羅獵道：「家樂跟你是什麼關係？」

徐北山坦然道：「我兒子，我曾經喜歡過一個日本女孩子，她為我生下了家樂，這些年我一直都不知道他的存在。」他的臉上充滿了憂傷，羅獵相信他對藤野晴子的感情應當是真的。

徐北山道：「我想你幫我除掉一個人。」

羅獵道：「我不是殺手。」

徐北山道：「你不殺人，可別人想殺你。你現在的麻煩可不少，你幫我解決一個人，我幫你解決所有的麻煩。」

羅獵笑了起來：「聽起來條件不錯啊。」

徐北山遞給他一張照片道：「考慮一下。」

羅獵接過照片，照片上的人是藤野俊生，其實已經在他的預料之中，如果不是藤野家族施加壓力，日方不會對一個來路不明的小孩子感興趣，徐北山要幹掉藤野俊生，只要殺掉藤野家族的領頭人，那麼藤野家族就會陷入群龍無首的境地，他的兒子家樂自然就安全了。

徐北山之所以選擇自己應當是經過深思熟慮的，自己的處境和能力是一方面，更重要的是在對付藤野家族方面自己和他是一致的，因為黑堡的事情藤野家族想要將自己殺之而後快，換句話來說自己和藤野家族之間的仇恨是半公開的。而徐北山不便公開與藤野家族為敵，他既想保住自己的寶貝兒子，又想維護和日方良好的關係，所以才不得不選擇和自己合作。

羅獵道：「我的麻煩可不少。」

徐北山意味深長地笑道：「對我來說都不叫麻煩。」

羅獵道：「將軍是否已經有了計畫？」

徐北山道：「只是有了些初步的想法，願與羅先生商榷。」

瞎子拿著羅獵手中的士官證反反覆覆地看，嘖嘖讚道：「這證件也仿得太像了，改天介紹我認識，我也做幾個證件備用。」

羅獵哈哈大笑，這證件可不是仿造的，徐北山親自安排的證件豈會有錯。他和徐北山已經達成了協定，由他來組織人手對付藤野俊生，所需一切，徐北山都會提供。

羅獵離開徐北山的秘密基地之後並未和宋昌金打照面，宋昌金是將自己引入甕中之人，雖然目前對自己並沒有什麼害處，可宋昌金的做法還是不夠磊落，估計是出於心虧的緣故，宋昌金沒敢見自己。

有些事有些人註定都會相見，躲是躲不過去的。

羅獵離開後開著徐北山給他提供的汽車來到了棺材鋪，羅氏木器廠已經不是秘密，羅獵來此的目的是和瞎子他們相見，還有一個念頭就是通知他們儘快轉移，他不知自己和徐北山的合作期會延續多久，但是他能夠確定一旦自己幫助徐北山做成這件事，兩人的合作關係就會終結，到時候很難說他不會反戈一擊，轉而對付自己。

宋昌金的一番話讓羅獵產生了困擾，徐北山到底和自己的家族有何恩怨？如果宋昌金沒有欺騙自己，徐北山無疑是自己的大仇，此事確定之後，就算他不找自己，自己也不會放過他，應當說這才是促使羅獵並沒有做太多考慮就答應徐北山要求的原因。

雖然和徐北山接觸不多，可羅獵已經感到此人心機高深莫測，如果沒有高超的手腕，又怎能從一個底層小人物搖身一變成為雄霸一方的軍閥，和時運有關，和個人的能力關係更大。

徐北山並沒有要求羅獵馬上展開行動，說是給羅獵充分的準備時間，這充分體現出此人的沉穩和老練。

羅獵無法斷定自己是不是徐北山唯一的合作對象，目前來說他需要考慮的就是如何組建自己的隊伍，像徐北山這種深謀遠慮之人，必然擁有著一套周全的計畫，何時出動靜待他的通知，而羅獵只有在行動中才可以摸透他的最終目的，對羅獵而言，他要利用徐北山的勢力打擊乃至消滅藤野家族，同時也要保證自己和同伴們能夠全身而退。

羅獵的隊伍中首先把瞎子排除在外，他甚至沒有向瞎子提及有這次行動，只是讓瞎子儘快結束這邊的一切，帶著陳阿婆離開奉天。

勸瞎子離開並不難，畢竟他對羅獵是極其信任，羅獵既然說這裡已經暴露，此地不宜久留，瞎子自然不會有半點質疑，再加上陳阿婆年齡大了，自知在世之日無多，最近總說要回老家膠東看看，剛好滿足她的心願。

瞎子本以為周曉蝶這次仍不願和他一起前往，卻想不到周曉蝶居然答應陪老太太回膠東看看，瞎子喜出望外，更沒多想羅獵讓他們離開奉天其實另有所圖。

瞎子走後的七天內，羅獵的一幫老友陸續來到奉天，張長弓和阿諾同日到來，陸威霖比他們晚了兩日，除了阿諾之外，其餘幾人分別都不算長，一時間阿諾成了他們關切的中心。

羅獵問起瑪莎為何沒有同來，阿諾一臉尷尬道：「她不習慣這邊的生活。」

張長弓道：「這邊才好，西北風沙那麼大，有什麼好的。」

羅獵看出阿諾定然有事，並沒有點破。

陸威霖卻道：「你是個重色輕友的傢伙，這次捨得回來，八成是被瑪莎給甩了。」

阿諾紅著臉分辯道：「她甩我？要甩也是我甩她……」說到這裡自己也知道失言，乾咳了一聲道：「我去那邊語言不通，她……她也對我不像過去那般好了……再說，大家信仰都……」

張長弓笑道：「你的信仰就是酒，得了，不聊了，咱們老友相見，今日一定要一醉方休。」

鐵娃道：「羅叔叔，你們這次玩兒一定要帶上我。」

張長弓斥道：「瞎說什麼？我們何時去玩了？」

鐵娃嘿嘿笑道：「我年紀小，您老犯不著跟我一般見識。」

阿諾指著鐵娃道：「這孩子何時變得油嘴滑舌？老張，他挖苦你老了。」

張長弓瞪了他一眼道：「你也說我老！」

鐵娃道：「我知道這附近有家菜館不錯，今晚我來做東，我把這幾個月的工錢都拿出來請幾位叔叔大爺。」

阿諾眼睛一翻：「誰是你大爺？你師父最大，我們全都是叔叔！」

羅獵笑道：「你們一個個兇神惡煞的，別把孩子嚇著了，鐵娃不錯，有孝心。」

阿諾道：「走吧，那就一起喝酒去。」

幾人離開了羅氏木器廠，還未走出小巷，就看到一道身影婷婷嫋嫋走了過來，來人他們全都認識，正是蘭喜妹。

除了羅獵之外，幾人都沒有在奉天跟蘭喜妹打過照面，可所有人都清楚這妮子必然是有備而來，而且她的目標只有一個，那就是羅獵，只要經歷過天廟一戰的人，都會看到蘭喜妹對羅獵那是真有感情了，而他們幾個恰恰都是那場生死戰的親歷者。

蘭喜妹格格嬌笑道：「真是人生何處不相逢，想不到啊，在這裡也能和各位相遇。」

阿諾道：「偶遇啊？我看不像。」

蘭喜妹白了他一眼道：「我又不是找你。」

羅獵淡淡笑了笑道：「蘭小姐，我們正要去吃飯，有沒有興趣賞光啊？」

蘭喜妹笑了起來，她一笑宛如春風中盛開的鮮花，迷人的風姿讓眾人心神都是一蕩，以陸威霖的定力都不禁暗歎，羅獵遇到此女只怕要麻煩了。

蘭喜妹美眸忽轉向鐵娃，笑道：「鐵娃，你是不是喜歡我，總盯著我看？」

鐵娃一張面孔漲得通紅，恨不能找個地縫鑽進去，這孩子哪裡經過這樣的場面，結結巴巴解釋道：「沒有……沒有……你是我羅叔的……以後就是我嬸子……」

一句話把眾人都逗樂了，羅獵少有的面孔發熱，童言無忌，這孩子遇到事情居然把自己推出去擋槍了，當然這也怪不得他，只怪蘭喜妹太妖嬈，連小孩子也不放過。

蘭喜妹笑得花枝亂顫，一雙美眸望定了羅獵：「聽到沒，連小孩子都看出咱倆是一對兒，鐵娃，就衝你這聲嬸子，以後有什麼麻煩只管找我。」

羅獵道：「騙小孩子可不厚道。」

蘭喜妹道：「騙女人就厚道了？」

羅獵知道跟她鬥嘴在這種場合肯定討不到便宜，他不說話，阿諾這多嘴的傢伙卻幫襯道：「他騙你什麼了？是騙你心呢還是騙你身呢？」

羅獵氣得差點沒抬腳將他踹飛。

蘭喜妹紅著臉走到羅獵身邊，當著眾人的面挽住他的手臂，然後小聲道：「他騙我什麼我都甘心情願。」

幾人啞口無言，一是因為蘭喜妹實在太過厲害，還有一個原因，他們想起了自己，換成一年之前或許他們不會理解蘭喜妹的這種感情，可現在他們已經開始明白，羅獵遇到蘭喜妹這樣的女子不知是福是禍？

鐵娃推薦的飯館兒環境一般，可口味的確不錯，蘭喜妹可沒把自己當外人，跟眾人推杯換盞，可酒水多半進了羅獵的肚子。酒至半酣，蘭喜妹提出讓羅獵送她回去。

羅獵知道她找自己可不是吃飯那麼簡單，於是起身出門，腳下的春雪尚未融化，多半已被春寒變成了薄冰，腳下不斷傳來薄冰碎裂的聲音，在暗夜裡很清脆很響亮。

蘭喜妹道：「你是不是答應和徐北山合作了？」

羅獵點了點頭道：「他讓我幫忙找到那個小孩。」這是他和徐北山事先統一好的口徑。

蘭喜妹道：「有消息說那孩子被人劫持到了蒼白山。」

羅獵停下腳步。

蘭喜妹道：「你應當知道狼牙寨和徐北山的關係。」

羅獵道：「他也找到了你們？」

蘭喜妹道：「狼牙寨現在是琉璃狼鄭千川當家，這個人可不簡單。」

羅獵道：「他是徐北山的人？」

蘭喜妹道：「他是暴龍堂的人，連我都沒有摸清他的來路，過去，我一直都以為他只是一個不起眼的小角色，可後來在他成為狼牙寨的當家之後，我才發現，我低估了他。」

羅獵道：「你的身分太多。」

蘭喜妹幽然歎了口氣道：「身不由己，可無論怎樣都逃不開你這個冤家。」一雙美眸望著羅獵真情流露。

羅獵望著蘭喜妹，忽然感覺蘭喜妹並非表面看上去那樣光彩照人，她的內心是極其痛苦和孤獨的，很難想像她在如此艱難的環境下長大，她的肩頭背負著國恨家仇。

蘭喜妹久久凝望著羅獵，不知為何她感到鼻子一酸就流下了眼淚，羅獵伸出手，用拇指為她抹去眼淚，兩人誰都沒有說話，可內心中卻同時感到溫暖。

就這樣在夜風中站了良久，蘭喜妹道：「我冷了！」

羅獵將自己的風衣脫下為她披上，蘭喜妹歎了口氣道：「我給你這樣的提示，你都不肯抱著我嗎？」

羅獵道：「你是不是要走了？」

蘭喜妹點點頭，一定是剛剛自己不經意流露出的情緒暴露了，羅獵太聰明。

羅獵道：「回蒼白山？」

蘭喜妹道：「是！」

羅獵道：「如果你擔心身分暴露，就不要回去。」

蘭喜妹道：「有些事明知有危險，可不得不去做，可能這才是你我最像的地方。」

羅獵沒說話，忽然展開臂膀將蘭喜妹擁入懷中，蘭喜妹的嬌軀顫抖了一下，然後將俏臉埋在羅獵的胸前，她哭了，酣暢淋漓地大哭了一場……

「老羅！」阿諾這次回來後多了個毛病，對人稱呼喜歡加上一個老字，好像不如此不顯得親切，老張、老陸、老羅，如果不是鐵娃太小，他就叫一聲老鐵。

羅獵嗯了一聲，端起面前那杯酒一飲而盡，他送蘭喜妹回到羅氏木器廠，發現幾人帶著菜回來，燴了滿滿一鐵鍋，圍著火爐繼續喝酒，於是也加入了戰團。

阿諾道：「你到底是喜歡葉青虹還是蘭喜妹？還是麻雀？」

幾人的眼睛都望著羅獵。

羅獵道：「你以為呢？」

其實阿諾還想到了顏天心，但是他不敢說，說出來怕讓老友傷心。

阿諾向鐵娃看了一眼道：「你說！」

鐵娃啊了一聲，他手裡還在把玩著一把廓爾喀彎刀，這彎刀是蘭喜妹離去之時送給他的，作為他此前叫了聲嬸子的回報，拿人家的手軟，鐵娃想了想一會兒道：「我覺得吧……還是麻雀姐姐最好……不過……她去了歐洲，嗯，蘭……小姐也不錯。」

張長弓眼睛一翻道：「小孩子家就是好哄，一把刀就把你給收買了？沒出息，我看蘭喜妹太狡猾，找老婆當然要找個可靠的。」

一直沒說話的陸威霖道：「海明珠可靠嘍？」

張長弓老臉通紅，低下頭去喝酒裝作沒有聽見。

阿諾道：「海明珠是誰？我怎麼不認識？」鐵娃也是一臉好奇。

羅獵道：「咱們還是別說這些無聊的事情，我估計咱們出發也就在這兩天，大家都想想需要準備什麼東西，只要不過分都可滿足！」

阿諾道：「飛機！我要一架飛機！」

幾人都望著阿諾，張長弓道：「你喝多了！」

陸威霖道：「我看是！」

鐵娃跟著點了點頭。

羅獵卻道：「沒問題！」

該來的始終還要來，宋昌金終於還是要和羅獵見面，不過以他的閱歷和臉皮仍然可以做到坑人之後而面無愧色，見到羅獵第一句話就是：「想死我了，大侄子，你這幾天到哪裡去了，我都擔心死了。」

羅獵笑眯眯道：「我也在擔心你啊，你老不死，我當侄子的哪敢先死！」

宋昌金哈哈大笑，指著羅獵的鼻子道：「小子罵我，犯上！」

羅獵道：「做叔叔的坑我，無恥啊！」

宋昌金振振有辭道：「凡事皆有兩面，塞翁失馬安知非福？我若是不這麼做，你又豈能在光天化日之下大搖大擺地走在奉天大街上？」

羅獵道：「這麼說我還得謝謝您？」

「自家人，說什麼客氣話。」

羅獵道：「您老這次找我，又想把我往哪條溝裡帶啊？」

宋昌金微微一笑道：「這段時間小日子過得挺舒坦，安排得也差不多了吧？徐北山讓我通知你，你要的所有東西都已經準備好了，隨時都可出發。」

羅獵道：「出發往何處去？具體的計畫呢？」

宋昌金笑眯眯拍了拍自己的胸脯：「全都在這裡。」

其實羅獵早就意識到這次可能會和宋昌金同行，畢竟是宋昌金將自己引入了

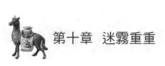

徐北山的棋局，所以他並不意外，點了點頭道：「徐北山知道咱們的關係嗎？」

宋昌金道：「瞞不過他，你的底，我的底，他必然能夠查得清清楚楚，幫他完成目的之日就是你我叔侄的死期。」

羅獵道：「都這麼清楚又何必自投羅網？」

「你不殺他，他就殺你，咱們最大的優勢就是他以為知道咱們的底，他認為咱們不清楚他的底。」宋昌金的臉上佈滿了狡黠的神情。

羅獵道：「自作聰明的人可以稀裡糊塗活一輩子，可自作聰明的事情只要一件就可以斷送一個人的性命。」

宋昌金道：「上了這條船就下不去，老羅家的仇，你不報，我得報！」

羅獵道：「那孩子在什麼地方？」

宋昌金搖了搖頭：「王牌只能用在該用的時候。」

羅獵道：「這麼說，我只能聽您老的安排和指揮了？」

宋昌金道：「我可指揮不動，我只能扮演自己應當扮演的角色。」

「何時出發？」

「明天！」

從奉天來到蒼白山，羅獵感覺又回到了冬天，這段時間他一直在追著冬天的腳步，躲避著溫暖的春天，封山的大雪想要徹底融化要到清明以後，也就是說今年的冬天會格外漫長。

和上次前來蒼白山不同，這次有了張長弓的全程帶領，鐵娃也是土生土長的山娃子，對他們兩人來說更多出了幾分故地重遊的感慨和觸動。

他們的第一個目標就是飛鷹堡，據說家樂被劫到了飛鷹堡，羅獵對飛鷹堡並不陌生，他第一次前往蒼白山淩天堡，就是打著飛鷹堡的旗號，而飛鷹堡在鐵娃心中更是苦大仇深，他的奶奶以及鄉親都是死於飛鷹堡的一幫悍匪之手。

昔日盤踞在蒼白山的多股勢力之中，以狼牙寨和連雲寨最為強大，飛鷹堡次之，在連雲寨因火山爆發而毀之後，顏天心率領部下不得不選擇向西遷移，以躲過狼牙寨和軍閥的聯手圍剿。

想到顏天心，羅獵的內心不禁又是一陣陣隱痛，月光如霜，照耀在遍佈積雪的山谷之中，一旁就是潺潺的山澗流水，這樣的月夜，這樣的景色本該讓人心曠神怡，可羅獵卻黯然神傷。

這個時間別人已經睡了，羅獵一如既往的失眠，這就意味著他比常人要承受多一倍的痛苦，顏天心已經死了嗎？她的身體或許仍然活著，那強大且邪惡的意識不知將她帶往何方？

羅獵內心的孤獨感越來越強，雖然他有朋友，可有些事他無法向任何人訴說。如果不是父母帶著使命來到這裡，他本該出生於若干年後的時空中。每當想起這件事，羅獵的唇角就會不由自主浮現出一絲苦笑，如果父母沒有來到這個時代，又不知會發生怎樣的改變。

人生沒有那麼多的如果，發生過的事情無法改變，當羅獵心中湧現出這個念頭的時候，他忽然又聯想到自己曾經做過以及正在去做的事情，自己究竟是不是在改變歷史？如果自己在改變歷史，那麼將會對後世的發展造成怎樣的影響，如果自己沒有改變歷史，那麼自己所做的一切什麼意義？

一陣嘩啦啦的落水聲打斷了羅獵的沉思，卻是宋昌金出來撒尿，被冷風一吹，禁不住接連打了兩個噴嚏。

宋昌金看到了羅獵，有些不好意思地將褲帶束上，嘿嘿笑了一聲道：「人老了，不中用了，我過去一覺睡到天亮。」

羅獵道：「您看上去也不過才五十多歲的樣子。」

宋昌金的表情有些尷尬：「我四十六。」

「真沒看出來。」

宋昌金知道他故意埋汰自己，一邊束著腰帶，一邊走到他的身邊，挨著羅獵蹲了下去，從兜裡摸出一盒煙，抽出一支叼在嘴裡：「借個火？」

羅獵雖然戒了煙，可火機並未離身，給宋昌金點上，火光映紅了宋昌金的面孔，可能是火苗在風中搖曳不定的緣故，宋昌金的目光也顯得遊移不定。

羅獵收起火機提醒他道：「煙頭別亂扔，千萬別引火焚身。」

宋昌金聽出了他的言外之意呵呵笑了起來，他也不說話，將一卷東西遞給了羅獵，拍了拍他的肩頭道：「閱後即焚。」宋昌金將只抽了一口的香煙扔到了溪水裡，然後重新向自己的帳篷走去。

羅獵展開宋昌金給自己的那卷東西，卻是一幅手繪的三泉圖，三泉圖乃是老羅家祖傳秘密，這幅雖然不是原本，可也能夠看出是精心臨摹的，和原本相差應該不多。

羅獵拿著三泉圖在篝火前坐下，借著火光逐一觀察，這一夜在不知不覺中就過去。

宋昌金醒來之時，看到羅獵正在篝火前準備早飯，手中的三泉圖已經不見。張長弓抱著一捧木材走了過來，往篝火內添了幾根，陸威霖在溪邊洗漱，鐵娃在山林中摸了一捧鳥蛋，小跑著過來炫耀自己的戰果，只有阿諾還在帳篷裡酣睡，這貨的酒終於還是沒有戒掉。

宋昌金洗了把臉，又捧起一捧清冽的雪水漱了漱口，忽然意識到自己昨晚好像就站在這裡小解，不由得扭頭過去乾嘔了兩口，宋昌金決定向上游再走幾步。

走出一段距離停下腳步，看到上方一團白乎乎的物體順水流下，宋昌金揉了揉惺忪的睡眼，定睛望去，那白乎乎的物體卻是一具屍體，宋昌金捂住了嘴巴，更覺得噁心到了極點，他將幾人叫了過來。

那屍體剛巧在淺灘處擱淺，張長弓和羅獵走了過去，死的是一個男人，死狀極慘，衣服已被撕碎，缺了半邊腦袋，胸腹裂開一個巨大的血口，內臟空空，其中一條腿齊根失去，從傷口來看應當是被野獸撕咬形成。

張長弓獵手出身，經驗極其豐富，他觀察了一下傷口道：「黑瞎子，體型不小。」一口能夠撕脫一個成年人的大腿，一巴掌拍掉了半個腦袋，這黑瞎子直立起來身高應該超過了自己，體重更是驚人。

羅獵道：「人好像沒死太久，黑瞎子可能就在附近。」

宋昌金噁心地吐了幾口黃水，擦了擦嘴道：「娘的，我只怕是吃不下這頓早飯了。」

陸威霖道：「黑瞎子不冬眠的嗎？」

鐵娃道：「現在都開春了，牠們睡了一個冬天，正在最餓的時候。」

此時營地的方向突然傳來了一聲大叫，幾人慌忙向營地跑去，只見阿諾衣衫不整地站在那裡，不遠處一個血肉模糊的人竭力向他爬來，滿是血污的手向他竭力伸展著，顯然是在求助。

阿諾剛才睡得迷迷糊糊，突然感覺有人拽他的腳，睜眼一看卻是一隻血淋淋的手抓住了他的足踝，阿諾嚇得連衣服都顧不上穿，披著毯子就逃了出來，他的一聲大叫也將同伴驚動。

陸威霖和張長弓同時舉槍瞄準了那血淋淋的闖入者。

羅獵道：「別開槍！」

阿諾顫聲道：「殭……殭屍……」看那人的模樣他以為又遇到了在甘邊遭遇的殭屍。

羅獵道：「應該不是！」他走了過去，發現那人傷得極重，兩條腿從膝蓋以下都失去，因為身上遍佈血污，一時間看不清他到底傷了多少地方，那人慘叫道：「救……救我……」爬到這裡他已耗盡了所有氣力，伸出的手臂無力垂落。

羅獵探了探他鼻息已經感覺不到他的呼吸，羅獵歎了口氣，向同伴搖了搖頭道：「死了！」

張長弓走過來將那人翻轉過來，看到他的胸腹之間也被劃開了一條長長的血口，真不知此人是怎樣爬過來的。

宋昌金擔心小孩子看到如此血腥的場面會發噩夢，主動擋住鐵娃的視線。

羅獵此時有了新的發現，低聲道：「他有槍傷。」

陸威霖和阿諾都是武器使用的行家，一眼就能夠判斷出這槍傷並沒有形成太久，從死者的傷勢來看，他應該走不了太遠，可他們所有人都沒有聽到槍聲，最大的可能就是射擊者使用了消音器。

在空曠無人的山野使用消音器有畫蛇添足之嫌，他們雖然帶了消音器，可目前誰也沒有將之裝備於武器之上。

張長弓道：「他雙腿和腹部的傷勢應該是黑瞎子造成的。」

阿諾道：「為什麼人和熊會一起攻擊人類？」

陸威霖道：「也許是誤傷！」他舉槍沿著死者留下的血跡走去，張長弓擔心他有所閃失慌忙跟了上去。

羅獵讓宋昌金、阿諾和鐵娃留守營地，也隨同他們兩人一起沿著血跡搜索。

山風吹動，松濤陣陣，山谷之中彷彿有一隻怪獸在低吼咆哮。

幾人的搜索一直來到三百米外的山崖下，張長弓抬起頭，這山崖約莫十丈，剛才那傷者應當是從上方墜落下來，因雪地的緩衝當時並未摔死，又堅持爬行了近三百米到了他們的營地方才氣絕身亡。

羅獵的內心忽然生出一股危機感，他低聲提示同伴後退，張長弓和陸威霖兩人聞言慌忙和羅獵一起退到樹後尋找隱蔽，此時聽到上方崖頂傳來一聲低吼，張長弓聽得真切，那吼聲像黑瞎子，他悄悄從樹後舉目望去，卻見山崖之上一頭體型龐大的黑熊踞立於邊緣，更讓他目瞪口呆的是，那黑熊的背上竟然坐著一人。

黑熊俯首嗅了嗅地上的血跡，然後折返離去。

羅獵三人彼此對望了一眼，他們都看到對方眼中的驚奇，目前的所見表明，兩名死者都死於這黑熊和驅馭者之手，羅獵除了在馬戲團還從未在現實中見過有人騎熊。張長弓是土生土長的本地人，別說見到騎熊就連聽都沒有聽說過，他自問對動物的習性非常瞭解，可自己也沒有驅馭野獸的本領。

羅獵擔心營地有失，決定先行返回營地，收拾之後儘快離開這裡，他們並非害怕騎熊人，而是他們此行還有更加重要的任務，不想旁生枝節。

包括鐵娃在內，每個人都見證了太多的死亡和殺戮。

經過一日的行進，他們距離飛鷹堡已經不遠，飛鷹堡現任堡主李長青，飛鷹堡和狼牙寨雖然互為攻守同盟，可飛鷹堡目前並未倒向南滿軍閥徐鐵山，據說李長青這個人還有些民族氣節。

羅獵此行就是打著徐鐵山特使的旗號，當天紮營之前，張長弓和鐵娃仔細在營地周圍查看了一下，確信周圍並無大型野獸的蹤跡，這才選了一處合適紮營的地方。

為了穩妥起見，張長弓又在營地周圍臨時設下陷阱和機關，阿諾饒有興趣地望著張長弓的身影，向陸威霖道：「說實話，我倒是希望那騎熊人過來。」說完感到還不過癮，又補充道：「我還沒有嘗過熊掌的味道呢。」

陸威霖道：「真來了就不知道是熊吃你，還是你吃熊。」

阿諾道：「牠要是真來了，我就把你先推出去。」

張長弓道：「你們兩個別嘮叨，過來幫忙把這東西吊上去。」

宋昌金蹲在一塊石頭上抽著煙，他今天少有地保持著沉默，不知腦子裡在盤算著什麼，連羅獵何時來到他身後都沒有覺察到。

「有心事？」

宋昌金回過頭，朝羅獵笑了笑，然後搖了搖頭道：「想孩子了。」

羅獵道：「都還好吧？」

宋昌金道：「還好。」然後目光投向西方漸漸墜落的夕陽。

羅獵從他的目光中看出了某些不捨，此前他還從未在宋昌金的眼中看到這樣的神情，想起宋昌金關於徐北山的那些過往恩怨，羅獵道：「你見過我娘？」

宋昌金搖了搖頭。

羅獵道：「我爹呢？」

宋昌金道：「死在徐北山手裡。」

羅獵道：「他知不知道你的底細？」

宋昌金道：「不知道，我已將家人全都安頓好了，這次一定要討個公道。」

羅獵看出宋昌金這次帶著義無反顧的心理參加了行動，如果他所說一切屬實，他的最終目的就是要幹掉徐北山，殺掉南滿第一軍閥，這可是一件驚天動地的大事。羅獵努力回憶著腦中的歷史，如果不是這次的事情他不會留意徐北山這個人，像徐北山這樣著名的軍閥在歷史中理當留下痕跡，然而羅獵失望了，他並未搜索到關於徐北山的資料。

是歷史的疏忽，還是父親賦予自己的這顆智慧種子其中的資料並不完善，又或是自己根本沒有完全將之化為己用？羅獵很快否定了以上的可能，難道歷史中本無徐北山的存在？

這個想法讓羅獵不寒而慄，如果父親植入自己記憶中的歷史並無徐北山的存在，那麼他是不是有著和父母一樣的經歷？

羅獵曾經看過一張照片，上面有父親和母親，還有其他五名隊員，這其中並無一人的外貌和徐北山相符，羅獵在排除掉這種可能之後，暗自鬆了口氣，如果徐北山當真是七人中的一個，豈不是意味著歷史已經被他改變？而從目前的歷史大勢來說並無任何的改變，幾乎已經排除了這種可能。

羅獵道：「徐北山當真是羅水根？」

宋昌金點了點頭道：「不會錯，就是他，老爺子當年的金盆洗手就是因為他。這忘恩負義的東西，非但不懂得知恩圖報，為了得到咱們羅家的三泉圖竟然不擇手段，加害咱們羅家。」

羅獵道：「你不是從小就失蹤？」

宋昌金道：「你爺爺用心良苦啊，若非如此，我也活不到今天，說不定當年就被他所害。」

入夜，幾人都沒有太早入睡，守著篝火聊天，彼此說話的時候，突然聽到遠方傳來一聲淒厲的狼嚎，張長弓霍然站起身來，他對各種獸類的嚎叫聲極其熟悉，這不是普通的狼嚎，分明是血狼，血狼曾經奪去了他娘親的性命，張長弓當初決定和羅獵幾人一起前往凌天堡也是因為這個緣故，他手刃數條血狼之後本以為這種邪惡的生物已經絕跡，沒想到在蒼白山的幽谷中仍然有此物種的存在。

羅獵雖然無法從狼嚎的聲音中分辨出具體的品種，可是從張長弓的表現也能夠猜到是血狼在嚎叫，時間過去了那麼久，張長弓走出蒼白山之後經過那麼多次生死歷練，和自己並肩戰鬥，已經不再是昔日的荒野獵人。他的武力更強，性格也變得越發沉穩，不會再做出輕易衝動的事情。

張長弓沉聲道：「是血狼！」

羅獵道：「看來天脈山那場火山噴發毀掉了連雲寨，但並沒讓血狼絕跡。」

宋昌金道：「動物的求生能力原本就比人類更強一些。」

「你們看！」鐵娃指向正北的方向，眾人舉目望去，卻見正北方有一顆顆綠色的光點向他們飄來，遠看像螢火蟲，可是比螢火蟲要大得多。張長弓已經彎弓搭箭，覷定那漂浮的綠色光點一箭射了出去，羽箭在黑暗之中發出一聲尖銳得足以刺痛耳膜的嘯響，然後就聽到遠方傳來一聲慘叫。

請續看《替天行盜》卷十六 鬥古城

替天行盜 卷15 通緝令

作者：石章魚
發行人：陳曉林
出版所：風雲時代出版股份有限公司
地址：10576台北市民生東路五段178號7樓之3
電話：(02) 2756-0949
傳真：(02) 2765-3799
執行主編：劉宇青
美術設計：許惠芳
行銷企劃：林安莉
業務總監：張瑋鳳

初版日期：2022年2月
版權授權：閱文集團
ISBN：978-626-7025-15-4
風雲書網：http://www.eastbooks.com.tw
官方部落格：http://eastbooks.pixnet.net/blog
Facebook：http://www.facebook.com/h7560949
E-mail：h7560949@ms15.hinet.net
劃撥帳號：12043291
戶名：風雲時代出版股份有限公司

風雲發行所：33373桃園市龜山區公西村2鄰復興街304巷96號
電話：(03) 318-1378
傳真：(03) 318-1378
法律顧問：永然法律事務所 李永然律師
北辰著作權事務所 蕭雄淋律師

行政院新聞局局版台業字第3595號 營利事業統一編號22759935

定價：290元

國家圖書館出版品預行編目資料

替天行盜 ／石章魚 著. -- 臺北市：風雲時代出版股份有限公司，2021.07- 冊；公分

ISBN 978-626-7025-15-4（第15冊；平裝）

857.7　　110003703